kopfnussverlag

KOPFNUSS VERLAG
Ellerstr. 32. D-53119 Bonn
www.kopfnuss-verlag.de

„Kopfnuss Verlag, was ist das?"
„Es leuchtet blau."

John Rambo

Eins vorweg: Wir haben es gar nicht nötig, uns *Non-Profit* oder *D.I.Y.* zu nennen. Das ist uns viel zu albern, was vielleicht daran liegen mag, dass wir überhaupt nicht mit Geld umgehen können und es meistens in Schnaps investieren. Letztlich haben wir auch gar keine andere Wahl, als uns auf unseren fürchterlichen Dilettantismus (oder den unserer Freunde) zu verlassen. Aber irgendwann, irgendwann mal wenn … Dann werden wir *Benjamin von Stuckrrad-Barre* unter Vertrag nehmen, ihn jahrelang schreiben lassen und nie was veröffentlichen. Oder *Richard von Weizsäcker* ohne sein Wissen eine mehrbändige *Franz-Josef-Strauß-Biografie* verfassen lassen. Oder schweinisches Zeug von einsamen Brummifahrern unter dem Pseudonym *Charlotte Roche* herausbringen. Oder *Lustiger Bob* könnte sich endlich den Traum einer umfassenden Oi(!)-Jazz-Enzyklopädie verwirklichen und der Einband wäre komplett aus Extremsportlerhaut. Das Feuilleton würde sich wahrscheinlich halb tot jubeln (nicht!). Aber letztlich würden wir einfach nur wieder jeden unserer halbgaren Gedanken lustlos runterschreiben und in einer Auflage drucken, dass es nur so auf die Straße quillt. Hauptsache alles voller Bücher oder am besten kaputt.

Das ist jetzt fast schon wieder Oi(!)-Jazz, womit wir auch schon bei dem nun folgenden Alexander Gräbeldinger wären: Es ist gar nicht so lange her, da begeisterte uns dieser gewisse Herr Gräbeldinger dermaßen in seiner Trink- und Schreibfestigkeit, dass wir gar nicht anders konnten, als ihm unseren (an gefühlten 1.000 Büchertischen zusammen gebettelt, aber meistens gebrüllten) Umsatz vor die Füße zu kippen. Herausgekommen ist eine Kolumnen-Sammlung, die in ihrer kompromisslosen Authentizität von ihrem Oi(!)-Jazz noch gar nichts weiß. Aber darüber wird Herr Gräbeldinger am Ende des Buches befragt.

Wir dagegen müssen an dieser Stelle unbedingt unserem Kompetenz-Netzwerk danken, denn auch wenn wir gerne selbst jeden einzelnen Buchstaben in eine rohe Kartoffel geschnitten, und noch lieber das Papier in unseren Mündern produziert hätten, sind wir ohne euch nichts, nichts als Oi(!)-Jazz, daher verzichten wir auf namentliche Nennung. Wer sich angesprochen fühlt, der tut es mit Recht!

Oi(!)-Jazz*,

Der Kopfnuss Verlag

* Da sich die Autoren des Vorworts, *Lustiger Bob* und *Ismael Díot,* auf keinen geläufigen Oi(!)-Jazz-Standard einigen konnten, musste man sich dem Kompromiss des „Geklammerten Ausrufezeichen“ bedienen. Das ist nicht gerade elegant. Aber um Eleganz ging es bei Oi Jazz bzw. Oi!-Jazz bekanntlich noch nie.**

** Das gilt jedoch nur für Oi!-Jazz und Oi(!)-Jazz, nicht jedoch für Oi Jazz und Oi Jazz elegance. ***

*** Das ist natürlich Blödsinn und typisches Oi-Jazz-ohne-Ausrufezeichen-Geschwätz.

Vorwort des Kopfnuss Verlags zur zweiten Auflage

„Alexander Gräbeldinger: Punk, Opfer, Philosoph, Wahnsinniger, Vollidiot.*"

Nicht nur hier ist *Jörkk Mechenbier* zuzustimmen, aber es macht es auch einigermaßen schwer, die zweite Auflage des formidablen „Ein bekotztes Feinrippunterhemd ist der Dresscode zu meinem Lebensgefühl" einzuleiten. Denn eigentlich ist damit alles gesagt.

Vielleicht klappt es ja mit diesen lustigen Anekdoten, die einem im Kopf herumschwirren, wenn man an den liebevoll „Gräbel" geschimpften Menschen denkt. Zentral sicher diese Sache in Mannheim (oder war es Trier?), als ich am Stehtisch meinen Lieblingswitz zum Besten gab. Bär, Fuchs und Hase werden in die Waldwehrmacht eingezogen und finden das total scheiße … Nein, es geht nicht um den Witz, es geht darum, dass Herr Gräbeldinger später am Abend auf mich zu trat und sagte, wie toll er es fände, wie ich Witze erzählen würde und ich wirklich nicht wusste, will der mich jetzt verarschen oder meint er es ernst, denn es war zumindest die Möglichkeit da, dass er es ernst meinte. Punk. Opfer. Philosoph. Wahnsinniger. Vollidiot. Oder die Geschichte mit der Mail, in der er eine Lesung absagte, weil er gerade seine Freundin in Las Vegas heiraten würde? Oder die diversen Frauen, die glaubhaft machen konnten, dass sie für Figuren im Buch Pate gestanden haben?

Nein, Anekdoten können dem Ganzen nichts Neues hinzufügen. Daher fügen wir etwas hinzu, nämlich eben die zweite Auflage dieses wunderbaren Machwerks.

Selbstverständlich können wir als Oi Jazzer mit dem Erfolg nicht umgehen, was den Schnapskonsum auf wie hinter der Bühne ins Unermessliche hat steigen lassen. Und nur deshalb sind wir erst jetzt in der Lage, mit der zweiten Auflage sämtliche *Aralshops* der Republik zu überschwemmen. Aber auch größere Pläne wie die Umwandlung sämtlicher Wälder in Bücher des Kopfnuss Verlags beginnen mit Trippelschritten.

So bleibt nur übrig, dem Autor (was meint: uns selber) zu wünschen, weiterhin auf dieser unvergleichlichen Welle des Erfolgs zu surfen. Und zur dritten Auflage gibt es dann bestimmt wunderschöne Glitzer-Bärchen-Sticker!

i.A.
Lustiger Bob (Kopfnuss Verlag)

P.S.: *Freund.

Die 2. Auflage dieses Buches ist dem Pinguin auf Seite 130 gewidmet.

Alex Gräbeldinger

Ein bekotztes Feinrippunterhemd ist der Dresscode zu meinem Lebensgefühl

(Koketterie eines Gescheiterten)

INHALT

INHALT

„Wir schmiegten uns an die Gleise und schissen gemeisam auf unser Fernweh.“

Der Versuch, ein Vorwort zu verfassen
Für Alex, von Jörkk

Düsseldorf, kurz nach 1999 ... Ich saß nackt und im Schneidersitz vor meinem Computer. Zu meiner Rechten befanden sich eine halbvolle Schachtel Zigaretten und der Aschenbecher, den mir meine Freundin seinerzeit aus Mallorca mitgebracht hatte. Das war, bevor sie sich von mir getrennt hatte, weil ich ihr zu viel rauchte und auch sonst allerlei Raubbau an meinem Körper betrieben hatte, den eine Sportstudentin von Anfang zwanzig und ohne jedwede subkulturelle Sozialisierung nicht zu akzeptieren vermochte. Und weil ich mit Sandra gefickt hatte.

Auf dem Plattenteller drehte sich die LP von *Angeschissen*. Ich betrachtete das Cover und nickte. Ich wohnte seit drei Monaten in Düsseldorf und hatte seit drei Tagen nichts mehr gegessen. Ich war ein kleiner, dicker Punk auf Selbstfindungssafari, wusste nicht warum, wusste nicht wohin, und um bei der Wahrheit zu bleiben: Es war mir auch ganz recht so. Oder egal. Ich goss mir standesgemäß den Rest des minderwertigen Rums aus dem Discounter in mein Glas. Das verbleibende Drittel des Glases füllte ich mit Billigcola auf. Seit ich mein Praktikum beim *Ox-Fanzine* begonnen hatte, hatte ich einige wenige Menschen kennen lernen dürfen, die ich sehr schätze.

Darunter auch ein hübscher, junger Bursche aus Neuwied bei Koblenz, der mit seiner schüchternen Art und seinem herzzerreißend schönen, breiten Lächeln sofort bei mir landen konnte. Er spielte damals Schlagzeug in einer coolen Band namens *The Suiters*, die mein Freund Harry dereinst als die „*Descendents* der Neuzeit“ titulierte. Er kannte tatsächlich die Leute von *Hammerhead*, kiffte sich gerne die Hirse zu, hatte bereits ein Praktikum in der Punk-Anhang-Branche hinter sich und auch einige Platten mehr im Schrank als ich Landei das zu diesem Zeitpunkt von mir behaupten konnte.

Dennoch war bei ihm keine Spur von Überheblichkeit mir gegenüber auszumachen. Er bewertete meine unsichere, nicht im Geringsten stylische Art nicht, schien als Einziger keine Vorurteile zu haben und überhaupt auf alles zu scheißen, was mich an diesem ganzen Musik/Punk/Szene-Gehabe immer schon so fasziniert hatte. All die Dinge, die auf mich geradezu mystisch wirkten und die für mich immer in unerreichbarer Ferne gelegen schienen. Und auf eine ganz besondere, mich seltsamerweise sehr wenig irritierende Art, trug er seit unserem ersten Zusammentreffen diesen Papagei auf seiner Schulter spazieren, der unablässig und gutgelaunt schrie: „Ich wollte mich sowieso bald umbringen!“

Es beunruhigte mich überhaupt nicht. Denn er war ein Verbündeter. Ja ein Seelenverwandter, wie sich herausstellen sollte.

Alexander Gräbeldinger: Punk, Opfer, Philosoph, Wahnsinniger, Vollidiot. FREUND.

Ich betrachtete die Ekel erregend aussehende Wand vor mir. Die darauf befindlichen Blutspritzer stammten von meinem Vormieter, der versucht hatte sich umzubringen, ehe er eingeliefert wurde und somit die hässliche, viel zu kleine aber erschwingliche Wohnung für mich räumte. Er hatte mir mit einer Kombination aus Tobsuchtsanfall und dilettantisch aufgeschlitzten Handgelenken sehr viel dunkles, venöses Blut zur Zierde an den Wänden hinterlassen. Im Nachhinein ärgerte ich mich, dass ich die Bude nicht für viel Geld in Zeitschriften wie dem *Zillo* inseriert oder sie *Bela B.* gegen einen entsprechenden Obulus als Kulisse für einen seiner Splatterfilme angeboten hatte.

Ich speicherte den Text, den Weltschmerz und Selbstmitleid mir abgenötigt hatten, und begann mich anzuziehen. Ich trank den Rest des Hartz-IV-Cocktails aus und rauchte den stinkenden Jointstummel, den ich tags zuvor im Aschenbecher meiner Ex-Freundin mit dem fantastischen Leichtathletinnenarsch hatte liegen lassen. Schnell fand sich ein *Steakknife*-Shirt, das trotz Ermangelung einer Waschmaschine noch nicht nach sozialem Niedergang oder gar Verwesung roch, und nachdem ich meine zerrissenen Jeans angezogen hatte, sog ich mir den Rest des billigen Disco-Mehls in mein Hirn voller Fragen und begab mich vor die Haustür.

Zwei Stunden zu spät und mit quietschenden Reifen bog mein Freund Alex dann endlich, aus der falschen Richtung kommend in die Oberbilker Allee ein und wusste, als er die vier leeren Bierflaschen neben mir stehen sah, dass er sich nicht zu entschuldigen brauchte.

Wir fuhren gut aussehend und ohne eine Ahnung von irgendetwas zu haben nach Köln, interviewten die bezaubernden *Donnas* im *Hotel Kristall* nahe dem Bahnhof, und da wir unser Glück noch immer nicht fassen konnten, kehrten wir nach getaner Arbeit nicht nach Düsseldorf zurück, sondern fuhren geradewegs nach Venlo.

Wir irrten stundenlang durch die Stadt hinter der niederländischen Grenze, kauften uns zu guter Letzt in einer Heavy-Metal-Kneipe für 20 DM Gras und rauchten uns zu *Welcome To The Jungle* von *Guns N' Roses* den Schiefer vom Kapellendach, bis man uns weckte und wir schweren Herzens unsere noch schwereren Köpfe von den rustikalen Tischen des Etablissements hoben und zum Auto wankten. Dort schliefen wir den Schlaf der Gerechten, aus dem wir irgendwann am darauffolgenden Tag in dem Bewusstsein erwachten, dass uns bei unserer nachmittäglichen Ankunft im *Ox*-Hauptquartier nicht der „Praktikanten des Monats"-Pokal überreicht werden würde, sondern wir im Gegenteil bis zum Ende unseres Aufenthaltes im Hause *Joachim Hiller* Tourdaten abtippen und Abo-Hefte würden packen dürfen …

So ähnlich hat sich das damals abgespielt. Das alles ist scheinbar lange her. Doch was hat sich seitdem getan? Weder *Dieter Degowski* noch *Puh der Bär* möchten unsere *MySpace*-Freunde sein … Und natürlich neigt man dieser Tage eher zu Markenspirituosen und auch das eine oder andere Glas Rotwein greift in das Geschehen ein, wenn es uns getriebene Seelen danach dürstet, Gelassenheit und Übersicht zu suggerieren. Die Plattensammlung hat sich vergrößert, sicherlich. *(Anmerkung von Alex Gräbeldinger: Meine zwar nicht, allerdings trinke ich bis heute auch keine Markenspiritosen, Süßer!)* Der Aschenbecher aus Mallorca zerschellte eines Tages an der Wand, als meine damals zukünftige Ex-Freundin mich auf Koks in ihren roten Netzstrumpfhosen beim Onanieren erwischte.

Die *Donnas* sind zu einem Major-Label gewechselt und haben für mich nach und nach ihren Zauber verloren. Alex wohnt heute in Andernach, einen Steinwurf weit vom Geburtshaus *Charles Bukowskis* entfernt. Ich wohne noch immer in Düsseldorf. Neuerdings in dem Haus, in dem *KFC* früher probten." Ohne Blut an den Wänden, dafür aber mit Balkon. Wir sind nicht wirklich schlauer geworden seit diesen Tagen – lediglich einige Jahre älter. Letzte Woche zum Beispiel waren wir gemeinsam auf einem Konzert in Köln. Er hat meinen Tag gerettet und ich ihm die Nacht geklaut. Wozu? Das geht euch überhaupt nichts an. Er ist mein Freund. Das muss reichen. Und wisst ihr was? Er wird es immer bleiben.

Und nun wünsche ich euch viel Spaß, werte/r Leser/in. Und den werdet ihr haben. Versprochen.

Jörkk Mechenbier

Ein Frühlingsgedicht

Frühling 2007: Ich habe mein gesamtes bisheriges Leben entrümpelt und die Essenz davon in drei Kartons gepackt.

Bemerkenswert ist, was einem währenddessen alles in die Hände gelangt: Alte Liebesbriefe sowie eine Kondomsammlung, die ich im Alter von zwölf Jahren angelegt hatte und deren Haltbarkeitsdatum das Jahr 1995 nicht überschreitet. Beschämenswerteste Fotos, gefälschte Busfahrkarten und Entschuldigungen aus Schultagen, Ninja-Sterne und andere Waffen. Die Kanüle, mit der mir meine Jugendliebe mit 16 einen Ring durch die Lippe gejagt hatte, ohne zuvor ein Piercingseminar belegt zu haben. Zudem abgelaufene Psychopharmaka und eine Zuckerwattemaschine.

Darüber hinaus auch das folgende Tagebuch eines Zwölfjährigen, welches nach fünf A6-Seiten endet und vor dem ich den Leser dieser Kolumne nun nicht verschonen werde. Man stelle sich folgende Zeilen in einer leicht nach links gekippten Tintenfüllfederhalterschrift vor. Ein Schriftbild, das häufig in der Orientierungsphase junger Mädchen auftritt und welches ich mir zu jener Zeit ganz einfach abgeguckt hatte, weil ich dachte, es wäre cool so zu schreiben. Rechtschreib-, Grammatik-, Zeichen- und Ausdrucksfehler wurden aus Gründen der Authentizität an dieser Stelle beibehalten.

04.02.1992: Ich bin seit drei Tagen in Tina I. verknallt. Ich schrieb ihr gestern einen Brief indem stand daß ich mit ihr gehen will. Nachmittags so etwa um 15:15 Uhr gab ich ihr ihn und den Abschiedsbrief für Katrin mit der ich Schluß machen wollte weil ich glaube dass sie das ganze mit unserer Beziehung nicht ernst nahm. Abends rief ich Tina an um zu Fragen ob sie Katrin den Brief gegeben hatte. Sie hatte ihr den Brief gegeben. Katrin war sogar bei Tina. Tina gab mir Katrin, ich wusste aber nicht was ich sagen sollte weil ich ihr gegenüber immer sehr schüchtern war und wollte Tina wieder sprechen. Dann fragte ich Tina ob sie den Brief den ich ihr geschrieben hatte gelesen hatte. Sie hatte ihn gelesen wusste aber noch nicht ob sie mit mir gehen wollte.

Heute habe ich sie dann angerufen und fragte ob sie es sich überlegt hat. Sie wußte es noch nicht und konnte auch nicht sagen wann sie es ungefähr wüßte. Sie klang eher unfreundlich dabei. Dann rief ich Marco an der ihr Exfreund war und mein bester Freund. Wir unterhielten uns über Computerspiele. Ich erfuhr dann auch das Tina ihn gefragt hat ob er wieder mit ihr gehen wollte. Er wollte es, und es ihr morgen in der Schule sagen. Jetzt rief ich sofort noch mal Tina an und fragte sie ob das mit dem Marco stimmt. Es stimmte leider.

Es ist mir jetzt klar daß ich nicht mehr viele Changsen bei ihr hab. Ich schätze sie bevorzugt es mit dem Marco zu gehen. Sie würde bestimmt mit mir gehen wenn Marco nicht auch mit ihr gehen wolle daß sie ja morgen erfahren wird. Ich gib die Hoffnung mit ihr zu gehen aber noch

nicht auf. Sie wollte es sich ja überlegen. Vielleicht denkt sie ja ganz anders als ich schätze. Auf jeden Fall will ich sie morgen anrufen und fragen ob sie wieder mit dem Marco geht. Wenn nicht, dann frage ich sie wehn sie eigentlich bevorzugt. Mich oder Marco? Hoffentlich wird es dazu kommen, dass sie mit mir gehen wird.

05.02.1992: Heute habe ich sofort nach der Schule Tina angerufen und habe gefragt ob sie wieder mit Marco geht. Sie ging wieder mit ihm. Ich war aber weiterhin nicht traurig. Ich hatte es gewußt daß es so kommen wird und hatte immer mit dem schlimmsten gerechnet. Dann hatte ich noch gefragt ob die Katrin eigentlich traurig oder gar sauer war daß ich Schluß mit ihr gemacht hatte. Sie war aber nicht sauer oder traurig, sie war eher froh darüber. Sie war nie so ernst im Thema Liebe. Sie war immer sehr Kindisch, hat Aufkleber getauscht und so.

Das war mir alles jetzt aber Scheißegal. Für mich war das Thema Liebe jetzt gestrichen, einfach aus meinen Leben geworfen. Ich hatte genug Probleme. Ich wollte zum Beispiel einen guten Start in der Schule machen. Ich wollte einfach anders als die meisten sein. Also aus Weibern mir nicht mehr so viel machen und abwarten bis ein nettes Mädchen interesse an mir findet. Ich wußte aber nicht ob ich das alles aushalte.

Ende des Tagebuches.

Zwei Jahre später wurde ich Punker. Ich begann damit, mir die Haare bunt zu färben, hatte mir ein Anarchie-Zeichen in den Arm geritzt und China-Tusche drübergekippt. Ich fing mit dem Saufen an, mimte ein abgestumpftes Arschloch und die Schule war mir inzwischen scheißegal.

Tina fand das affenstark und wollte schließlich doch mit mir gehen. Meine Kondomsammlung kam bald darauf erstmalig zum Einsatz – rechtzeitig vor Ablauf des Haltbarkeitsdatums.

Ein Vorsatz für das neue Jahr

… ist die Sorge um die beste Methode zur Herbeiführung einer gegenwärtigen Genugtuung. Oder auch: Eine weiße Weste, deren Erwerb man anzustreben versucht, um sie erneut beschmutzen zu können.

31.12.05: Zehn Minuten vor Jahreswechsel muss ich kacken. Da Rebecca und ich grundsätzlich ein Hotelzimmer nicht vor den späten Mittagsstunden verlassen, verzichten wir somit eben auch auf das Privileg der Inanspruchnahme eines Zimmermädchens. Was zur Folge hat, dass aufgrund verschärfter Mahlzeiten beim Inder und Thailänder bereits das gesamte Toilettenpapier samt der weichen Kleenex-Tücher restlos aufgebraucht ist. Na klasse! Ich sitze hier auf der lupenrein glänzenden Kloschüssel eines Fünf-Sterne-Hotels, welche es noch nicht einmal bedarf, dass man sich aufgrund von Hygienevorkehrungen vor dem Niederlassen ein Nest aus Toilettenpapier baut. Im Zimmer nebenan liegt Rebecca in einem 200 Zentimeter breiten Bett und glotzt Video on Demand auf dem 102 Zentimeter breiten Plasmabildschirm. Wir haben eine Highspeed-Internetverbindung auf dem Zimmer, ein Bügelbrett samt Bügeleisen im anmutig blau beleuchteten Schrank, eine noch volle Minibar und auf dem Nachtschränkchen wartet eine 33 €-Flasche Schaumwein, welche uns vom Hotelpersonal als Silvesterprämie überreicht wurde. Wir haben alles, bloß kein Toilettenpapier mehr.

Fünf Minuten vor Jahreswechsel hocke ich in der Badewanne des mit Marmor verkleideten Badezimmers und dusche mir den Arsch ab. Was für ein Rutsch ins neue Jahr! Früher habe ich mir in guten Zeiten immer gewünscht, eines Tages während des Countdowns Sex zu haben und pünktlich um 0:00 Uhr einen Orgasmus erleben zu dürfen. In schlechten Zeiten spielte ich in Gedanken auch mal die Situation durch, wie es wohl wäre, mir im Anschluss eines Amoklaufes um Punkt 0:00 Uhr eine Kugel durch den Kopf zu jagen. Doch was geschieht stattdessen?

Ich dusche mir mangels Toilettenpapiers den Arsch in der Badewanne eines Luxushotels ab!

Je mehr mir meine gegenwärtige Situation zu diesem doch eher unpassenden Zeitpunkt bewusst wird, desto mehr bemühe ich mich den Vorgang zu beschleunigen. Und schließlich gelingt es mir doch noch rechtzeitig – samt erleichtertem Darm und ohne Vernachlässigung der Körperhygiene – mit Rebecca auf das Jahr 2006 anstoßen zu können. Mit einem Glas des 33 €-Sekts, bei dem ich mir einreden möchte, es sei Champagner. Für meine Verhältnisse ist er das jedenfalls.

01.01.06: Für Rebeccas Verhältnisse ist er das offensichtlich nicht. Jedenfalls nicht nach der Devise, dass man etwas Besonderes langsam genießen sollte. Anders kann ich es mir jedenfalls nicht erklären, dass sie die Flasche innerhalb kürzester Zeit bereits gänzlich und ohne Hinterlassen eines klitzekleinen Anstandstropfens geleert hat, während ich noch nicht einmal das erste und für mich somit letzte Glas ausgetrunken habe. Für sie mit dem Resultat, dass sie eine kurze Weile später in die Kloschüssel des Marmorbadezimmers kotzt, um sich anschließend schlafen zu legen. Für mich mit dem Resultat, dass ich mich infolgedessen aus Trotz am liebsten noch an der Minibar vergreifen würde, da alle weiteren Vorräte bereits ebenfalls aufgebraucht sind, mir mein Pegel jedoch noch lange nicht erreicht scheint. Nichtsdestotrotz bleibe ich unserem Prinzip zur Kosteneinsparung treu und lasse die Finger von der Minibar.

Stattdessen beobachte ich einen Besoffenen aus dem Fenster unserer gemütlichen Design-and-Charme-Suite. Nämlich einen Volltrunkenen, der sich gerade unten auf der Straße auf die Motorhaube eines geparkten *Mercedes* erbricht, sich kurz darauf an selbigem abstützt, um schließlich auf die Knie zu sacken und noch einmal neben die edle Karosse zu kotzen. Zu guter Letzt kippt er aus dieser Position heraus nach vorne, landet mit der Fresse in der eigenen Kotze und bleibt daraufhin erst einmal für eine ganze Weile liegen. Nachdem er circa fünf Minuten später wieder aufsteht, um völlig unkoordiniert weiterzutorkeln, und von einer Straßenseite zur anderen fällt, hoffe ich einfach mal wohlwollend darauf, dass ihn kein vorbeibrausendes Auto überrollt und somit von seinem Leid befreit. Hätte er andererseits mein Auto bekotzt, welches nebenbei erwähnt gerade mal 15 Meter von dem Mercedes entfernt steht, so würde ihm ein solches Schicksal jedoch recht geschehen.

Jedenfalls kehre ich dieser kurzweiligen Unterhaltung den Rücken zu, gehe über zu einer weiteren und schaue noch etwas Pay-TV. Die beinahe pausenlos heulenden Polizei-, Krankenwagen- und Feuerwehrsirenen draußen auf den Straßen von Frankfurt nehme ich dabei nur noch beiläufig wahr. Um 4:31 Uhr ist die 24-stündige Freischaltung zu den Pay-TV-Kanälen abgelaufen und deaktiviert sich. Auch ich deaktiviere meinen Bewusstseinsmodus und schließe die Augen, um zu schlafen.

Als ich um kurz nach zehn aufstehe und mich ins Marmorbadezimmer begebe, um zu duschen, weist die Kloschüssel – trotz aller Beanspruchung der vergangenen beiden Tage und Nächte – keinerlei Gebrauchsspuren auf und befindet sich nach wie vor in einem lupenreinen Zustand. War das Zimmermädchen diesmal vielleicht doch bereits vor Ort, möglicherweise vorhin, als wir noch schliefen? Diese Annahme verflüchtigt sich jedoch schnell, denn neues Toilettenpapier fehlt immer noch. Trotzdem scheint das Klo zu glänzen, als sei es nie zuvor benutzt worden. Ein Phänomen, welches vermutlich auf die fünf Sterne dieses Hotels zurückzuführen ist. Dennoch bezweifele ich, dass es auch an den fünf Sternen liegen mag, dass an diesem Vormittag nun plötzlich nur noch eiskaltes Wasser aus der Duschbrause kommt. Aber wer weiß? Vielleicht gar ein besonderer Service, der es den Gästen erleichtern möchte, nach einer durchzechten Silvesternacht noch frischer ins neue Jahr zu starten? Sollte dem so sein, so hat diese Absicht seine Wirkung bei mir jedenfalls nicht verfehlt. Ich fühle mich nämlich heute ungewohnt munter und unverkatert für einen Silvester- beziehungsweise überhaupt einen Sonntagmorgen. Dennoch verspüre ich und vor allem Rebecca Nachdurst, sodass die Minibar nun letzten Endes doch noch herhalten muss. Rebecca mag nämlich kein Leitungswasser. Sowieso geht es ihr heute Morgen im Gegensatz zu mir mal ausnahmsweise gar nicht gut. Es scheint fast so, als hätten wir unsere konventionellen Rollen getauscht. Jedenfalls spätestens bis zu dem Zeitpunkt, als wir die Heimfahrt antreten wollen.

Rebecca fährt. Wie immer. Und das möchte sie sogar, obwohl ich es ihr diesmal sogar anbiete, zur Abwechslung

mal selbst das Steuer zu übernehmen, da sie heute ja nicht gerade in Topform sei.

Rebecca also dennoch am Lenkrad, ich auf dem Beifahrersitz, das Gepäck im Kofferraum. Die Fensterscheiben samt der übrigen Karosserie sind in einem ungewöhnlichen Ausmaß mit Vogelscheiße verdreckt. Und zwar in einem derart ungewöhnlichen Ausmaß was Menge, Farbe und Konsistenz betrifft, dass wir beide wirklich für einen Moment daran zweifeln, ob es sich hierbei tatsächlich nur um Vogelscheiße handeln mag. Auch ruft sich mir in diesem

Zusammenhang für einen Augenblick lang der in der Nacht zuvor herumfallende und dabei Pkw bekotzende Besoffene zurück ins Gedächtnis. Wie dem auch sei, wir beschließen jedenfalls, möglichst auf den Einsatz der Scheibenwischer zu verzichten, da das Verschmieren der Scheiße (oder mit was auch immer wir es hier zu tun haben sollten) einen größeren Ekel bei uns auslösen würde, als der Versuch, die Kacke so gut es geht einfach zu ignorieren.

Das Ignorieren der Scheiße funktioniert jedoch erst, als eine weitere befremdlich wirkende Erscheinung an unserem Gefährt unsere Aufmerksamkeit erregt. Ein uns nicht wirklich vertraut erscheinendes Kontrolllämpchen in Gestalt eines Motorblocks leuchtet permanent auf.

Wäre ich alleine unterwegs, risikofreudig und verantwortungslos wie früher, so würde ich dieses Lämpchen vermutlich ebenso zu ignorieren versuchen, wie die Vogelscheiße an der Windschutzscheibe. Allerdings sitzt Rebecca neben mir und gibt mir die Anweisung, mal in der Betriebsanleitung – die zu meiner eigenen Überraschung tatsächlich im Handschuhfach liegt – nachzusehen, was es mit der Bedeutung des Lämpchens auf sich habe.

Also schlage ich zum ersten Mal in meinem Leben die Betriebsanleitung meines *Nissan Micras* (Hallo Tom!) auf, blättere kurz darin und entdecke die, zugegeben, mich doch ein wenig beunruhigende Mitteilung. Denn laut Betriebsanleitung verkündet das Lämpchen in Form eines Motorblocks gar nichts Gutes. Wenn diese Kontrolllampe aufleuchtet, dann ist folgendes Handeln angeraten: den Wagen umgehend zum Stillstand bringen, Motor aus, abschleppen lassen. Es wird auf die Möglichkeit schwerer Motorschäden hingewiesen.

Na klasse! Das neue Jahr fängt ja schon mal gut an. Seit wie vielen Kilometern leuchtet das Lämpchen denn eigentlich schon? Hat mir da irgendein Wichser einen Silvesterböller unter die Motorhaube oder in den Auspuff gesteckt? Oder ist die Vogelscheiße zwischenzeitlich in Regionen vorgedrungen, wo sie Motorschäden verursacht? Seltsam nur, dass der Wagen, von dem Aufleuchten dieses Lämpchens mal abgesehen, eigentlich einwandfrei läuft.

Obwohl, das tat mein alter *VW-Käfer* damals beim Ignorieren der Ölstand-Kontrollleuchte ebenfalls – jedenfalls so lange, bis es dann letzten, tragischen Endes zum Kolbenfresser kam. Aus Fehlern sollte man ja bekanntlich lernen. Also daher vielleicht doch besser mal bei der nächsten Raststätte anhalten.

Bei der nächsten Raststätte mit dem einladenden Namen *On the Run* halten wir an. Rebecca reicht mir ihr Handy – Akku fast leer. Meine *ADAC*-Mitgliedskarte habe ich natürlich nicht dabei. Mitglieds- sowie Telefonnummer kenne ich ebenso selbstverständlich nicht auswendig. Also zunächst einmal die Telefonnummer der Gelben Engel bei der Tankstellenfrau in Erfahrung bringen. Die rückt jedoch nicht mit der Sprache raus, weil sie angeblich keine Ahnung hat und scheinbar nur das Bedienen der Kasse in ihrem Zuständigkeitsbereich sieht.

Ein anwesender Kaffeetrinker und Croissantfresser zeigt sich jedoch hilfsbereit und verrät uns die Nummer der heiligen Gelben Engel. Ich rufe also an. Die Tussi der Service-

Hotline ist dermaßen unfreundlich und patzig, dass ich ein Gefühl bekomme, als hätte ich es mit der Polizei zu tun. Auch zweifelt sie an, dass ich überhaupt Mitglied beim *ADAC* sei, da sie von ihrem Computer – durch die alleinige Angabe meines Namens und der Postleitzahl meines Wohnortes – meine Mitgliedschaft nicht bestätigt bekommen hätte. Daher weist sie mich darauf hin, dass ich in dem Fall, dass es zum Abschleppen kommen sollte, zunächst einmal selbst für sämtliche anfallenden Kosten aufkommen müsse.

Dafür zahle ich also regelmäßig meine Mitgliedsbeiträge? Na ja, wie dem auch sei, schicken Sie mir endlich Hilfe und vielen Dank auch, blöde Fotze!

Während der Wartezeit malen Rebecca und ich uns bereits die Dramatik der Unannehmlichkeiten aus, welche damit verbunden wären, sollte man unsere Karre tatsächlich abschleppen und wir sehen müssten, wie wir die übrigen 120 Kilometer nach Hause kommen würden. Zwischenzeitlich beschließe ich, den Wagen dann zumindest einmal, mittels der an der Tankstelle bereitstehenden Reinigungsutensilien, von der Vogelscheiße zu befreien. Vor allem auch deswegen, um dem erwarteten *ADAC*-Typen den Anblick zu ersparen, und somit nicht gleich voreingenommen gegenüber uns sowie unserem Auto empfinden zu lassen.

Gut anderthalb Stunden und einige Zigaretten später ist der Gelbe Engel schließlich vor Ort. In Anbetracht der Umstände bin ich für meine Verhältnisse jedoch immer noch relativ neutraler Laune. Der Gelbe Engel, im

Gegensatz zur Service-Hotline-Tussi, ebenfalls. Ich schildere meine Verunsicherung wegen der aufleuchtenden Kontrolllampe und die damit verbundenen Befürchtungen nach Kenntnisnahme des zugehörigen Warnhinweises in der Bedienungsanleitung. Der Gelbe Engel zeigt sich jedoch weiterhin gelassen, zugleich äußerst freundlich und strahlt dadurch eine geradezu narkotisch beruhigende Wirkung auf mich aus.

Er verbindet seinen Laptop mit meinem *Nissan*, startet den Motor und ein Diagnoseprogramm, zählt daraufhin mögliche Fehlerquellen auf, wiederholt den Vorgang und gibt schließlich Entwarnung, nachdem er es irgendwie fertig gebracht hat, dass das blöde Motorblocklämpchen nicht weiter aufleuchtet. Er rät uns, das Verhalten des Autos beim Fahren weiterhin zu beobachten und uns keine Sorgen zu machen, solange der Drehzahlmesser nicht verrückt spielen oder der Wagen nicht mehr richtig ziehen sollte. Er bestätigt mir meine Mitgliedschaft beim *ADAC*, lässt mich einen Beleg unterschreiben und wünscht uns weiterhin einen guten Start ins neue Jahr – und das alles kostenlos.

Wir fahren erleichtert weiter, geradewegs Richtung Heimat, und erreichen ohne weitere Zwischenfälle oder Irritationen unser Ziel.

Zu Hause bestellen wir uns beim bewährten, wenn auch nicht unbedingt sonderlich guten Pizza-Service unsere bevorzugten Speisen. Währenddessen bedient sich unser dienstältester Familienhund Susi (in Hundejahren müsste sie mindestens 100 Jahre alt sein) mal wieder an den Abfällen des Mülleimers. Erst neulich hatte sie ungelogen eine vollständige Aluminiumschachtel aufgrund der Rückstände von Pastasauce verspeist. Es ist mir unbegreiflich, wie sie dies überleben konnte. Und die Tatsache, dass sie nun wieder sämtliche benutzten Taschentücher aus dem Müll entsorgt, um diese somit allesamt eigens biologisch abzubauen, zeugt auch nicht gerade vom Ablegen alter Gewohnheiten, geschweige denn von besten Vorsätzen für das neue Jahr.

Auszug aus einem Klinikbericht

„Der Patient berichtete in unzusammenhängender Weise über Karfreitag, geplatzte Ostereier und Geschehnisse der letzten Wochen." … „Fremdanamnestisch war zu erfahren, dass, bevor Herr Gräbeldinger ins Auto gestiegen sei, er plötzlich gesagt habe, das Nummernschild habe die Farbe geändert, es sei alles Grau in Grau."

05.01.06: Als ich am Nachmittag aufwache, fühle ich mich, als hätte ich in der Nacht zuvor nackt auf einer Party getanzt. Stattdessen saß ich bei einer Flasche Tequila, die ich aus der Not heraus mit Eistee gemischt hatte, bis in die frühen Morgenstunden vor meinem Computer und surfte ziellos durchs Internet. Woher also dieses ungute Gefühl, welches sich nicht ausschließlich auf einen Kater zurückführen lässt? Ein Blick in den Ausgangsordner meines E-Mail-Postfachs hilft meinem Erinnerungsvermögen auf die Sprünge und beschert mir das Grauen. Nämlich eine äußerst gefühlsduselige E-Mail. Diese hatte ich während eines nostalgischen Anflugs im Vollrausch an einen alten Freund gesendet, zu dem ich seit Jahren nur noch selten Kontakt habe. Die E-Mail endet mit den Worten „I miss you" und einem Smiley. Ich sentimentaler Trottel! Da bleibe ich zum Saufen schon alleine daheim, in dem Irrglauben, mich dort vor niemanden blamieren zu können, und baue dennoch Scheiße. Alleine besoffen von zu Hause aus übers Internet – das muss man sich mal vorstellen.

Wer weiß, vielleicht komme ich beim nächsten Mal auf die wahnwitzige Idee und organisiere im Suff ein Klassentreffen oder Schlimmeres.

17.01.06: Nach dem Probefeueralarm heute Abend um 22:30 Uhr ist mir mal wieder bewusst geworden, in welch absurder Wohnsituation ich mich doch befinde. Ich sollte erwähnen, dass ich derzeit eine Ausbildung im Rahmen einer Reha-Maßnahme absolviere. Das bedeutet, dass ich zudem in einem Wohnheim untergebracht bin und mir eine WG mit ungefähr zehn anderen Rehabilitanten teile, denen ich ansonsten aber bevorzugt aus dem Weg gehe, weil ich nämlich arrogant bin. Jedenfalls gibt es für die einzelnen Wohngruppen auch so etwas wie Aufsichtspersonen, die ich gerne als Betreuer/innen bezeichne, die in Wahrheit aber eigentlich nichts anderes sind als ausgebildete Erzieher/innen. Dies bringt unter anderem auch die Konsequenz mit sich, dass ich um 23:00 Uhr in meinem Zimmer zu sein habe, um die Nachtruhe einzuhalten. Striktes Alkoholverbot herrscht sowieso. Ich persönlich habe damit eigentlich kein allzu großes Problem, da ich unter der Woche sowieso möglichst früh schlafen gehe, um morgens fit für die Arbeit zu sein. Aus diesem Grund stört es mich auch nicht wirklich, dass man mir an diesen Tagen zum Beispiel den Konsum einer Flasche Tequila untersagt.

Was mir, davon abgesehen, schon ein wenig gegen mein Prinzip der Eigenverantwortung geht, ist folgende Situation: nämlich wenn eine Sozialpädagogin während eines Probefeueralarms – der beinahe in regelmäßigen Abständen alle paar Wochen stattfindet – hektisch, ohne höflicherweise vorher anzuklopfen, meine Zimmertür mittels Generalschlüssel öffnet, hereinstürmt und mich beim Schäfchenzählen aus dem Bett scheucht.

Was wäre denn gewesen, wenn ich in diesem Moment zum Beispiel nackt gewesen wäre oder am onanieren?

Sowieso ist der Gedanke durchaus kurios, wenn ich mir vor Augen halte, dass ich mittlerweile langsam aber sicher auf die 30 zugehe. Meine aktuelle Erzieherin, deren Aufgabe es wäre, mir den Popo zu versohlen, in dem Fall, dass ich heimlich ein Bier trinken oder auf dem Zimmer rauchen sollte, ist mit ihren 29 Jahren drei Jahre älter als ich. Und ihre Vorgängerin wurde im selben Jahr geboren wie ich. Ha! Ich hatte bereits vor Jahren Frauen aufgerissen, die waren schon zu jener Zeit so alt, wie die Mädels heute, die einmal die Woche mein Zimmer kontrollieren kommen und auf einer Checkliste ein Häkchen machen, ob ich mein Zimmer aufgeräumt und geputzt habe. Das alles darf man eigentlich niemanden erzählen.

03.02.06: Nachdem mich die Motorkontrolllampe meines *Nissan Micras* nun bereits seit drei Wochen durch ihr penetrantes Aufleuchten versucht aus der Ruhe zu bringen, gebe ich mich geschlagen und bringe die nervige Karre in die Werkstatt zum Durchchecken. Der Kfz-Meister verwendet ein ähnliches Diagnosegerät wie der *ADAC*-Mann, der mir beim vergangenen Mal Entwarnung gab. Aber was genau da nach Aussage des Mechanikers nun angeblich doch kaputt sein soll, habe ich nicht verstanden. Ganz im Gegensatz zu dem Preis, den ich für das entsprechende Ersatzteil des Motors aufbringen müsste – schlappe 1.200 €. Allmählich freunde ich mich immer mehr mit dem Gedanken an, den Wagen statt in Reparatur doch lieber gleich in Zahlung zu geben und mir dafür was günstiges Neues zu suchen. Mich stört sowieso seit Jahren das Brandloch in der Rückbank.

08.02.06: Es ist schon arg gewöhnungsbedürftig, sich mit einem Gruppenmitbewohner ein gemeinsames Badezimmer teilen zu müssen, der ein offensichtliches Hygieneproblem zu haben scheint. Ebenso muss man sich erst einmal damit arrangieren, selbigem fast täglich vom Zimmer aus durch die Tür beim Kacken zuhören zu können. Doch als meine Ohren heute dabei zusätzlich das Summen der deutschen Nationalhymne vernehmen, falle ich vom Glauben ab.

24.02.06: Während eines gemütlichen Beisammensitzens in der Wohnung des *Toxoplasma*-Bassisten erlange ich in Folge einer aufschlussreichen Weinverköstigung die Erkenntnis, dass französischer Rotwein im Gegensatz zu einem spanischen nach nassem Köter schmeckt.

25.02.06: Es ist nach 2:00 Uhr, als ich zusammen mit meinem Freund Ninja leicht beschwipst die Heimfahrt antrete. Unmittelbar in der Nähe meines geparkten Pkw findet in irgendeinem Bootshaus am Rhein eine beschissene Karnevalsparty statt, bei der sich heranwachsende Teenies doof saufen – vermutlich mit *Kleiner Feigling*, Alcopops oder ähnlich sündhaftem Gesöff. Dann doch lieber Tequila mit Eistee. Polizei- und Krankenwagen stehen bereit und warten darauf, die jungen Narren wahlweise im Krankenhaus, in der Ausnüchterungszelle oder zu Hause bei ihren Eltern abzuliefern. Unbeeindruckt von dieser Szenerie steigen wir ins Auto und ich fahre los. Das Motorkontrolllämpchen leuchtet unbeirrt auf, wie immer. Ebenso unbeirrt fahre ich weiter bis zur nächsten Kreuzung,

halte am Stoppschild an, schaue in den Rückspiegel und meine innere Ruhe ist von einer Sekunde auf die andere dahin. Polizei! Würde mir eigentlich am Arsch vorbei gehen, gesetzt dem Fall, ich hätte nichts zu befürchten. Doch dem ist leider nicht so. Denn nachdem ich zuvor noch so abfällig und hämisch gegenüber den betrunkenen Kindern empfunden hatte, erscheint mir die eigene vorangegangene relaxte Weinverköstigung plötzlich in ganz anderen Dimensionen. Vor allem auch, weil ich noch nicht einmal genau sagen könnte, wie viele Gläser man mir nachgeschenkt hatte. Zudem scheint mir das Adrenalin in den Kopf zu steigen und sorgt für zusätzliche Verwirrung meiner gegenwärtigen Geistesverfassung. Es kommt mir fast so vor, als wolle mir der beschleunigte Stoffwechsel in meinem Körper signalisieren: „Es droht Gefahr, du musst fliehen! Was jetzt zählt, sind physische Reflexe, deinen Kopf brauchst du dazu jetzt nicht!"

Dennoch bin ich bemüht, nicht auf meinen Körper zu hören, und versuche trotz Schwindel erregender Paranoia meinen Verstand zu schärfen. Jedoch leider ohne erleichternde Erkenntnis, dagegen die Einsicht, dass das mit den paar Gläschen Rotwein bei einer gesetzlichen 0,5-Promillegrenze im Straßenverkehr wirklich verdammt knapp werden könnte. Nachdem ich die heikle Situation, in der ich mich befinde, realisiert habe, gelingt es mir, Panik und Fluchtreflex zu bezwingen und umzulenken – ich verfalle in eine Angststarre. Von nun an handle ich völlig automatisiert und biege, wie geplant, an der Kreuzung rechts ab. Ich fahre weiter geradeaus und es folgt schließlich der Augenblick, dem ich entgegengefiebert habe. Die Blaulichter leuchten auf und beginnen zu rotieren. Welch ein Anblick! Zwischen ihnen blinkt in roter Schrift die Aufforderung zu halten. Darauf habe ich gewartet! Denn wie heißt es noch gleich so schön? Los, stopp, schade! Eine innere Stimme sagt mir: „Tja, Alex. Das hast du dir alles selbst zuzuschreiben. Heute ist der Tag gekommen, an dem du dein gesamtes Leben noch einmal überdenken solltest."

Bereits im zarten Alter von 16 Jahren bin ich dem Teufel das erste Mal von der Schippe gesprungen. Nämlich nachdem ich damals besoffen auf meinem Moped beinahe jede rote Ampel mitgenommen hatte, und schließlich, als hätte mir Gott auf die Schulter geklopft, ausnahmsweise an einer einzigen Ampel stehen blieb. Und zwar genau an der Ampel, an der plötzlich die Cops hinter mir auftauchten und mich kurz darauf wenige Meter weiter überholten und mit der Kelle herauswinkten. Zu jener Zeit lag die Promillegrenze noch bei unverantwortlichen 0,8 und man ließ mich mit sagenhaften 0,79 Promille davonkommen – ungelogen! Während eines weiteren Vorfalls einige Jahre später schien mein Schutzengel das vermeintlich geeichte Promillemessgerät eines Polizeireviers manipuliert zu haben, sodass ich nach einem Sixpack Bier fröhlich weiter mit dem Auto durch die Gegend düsen durfte. Auch leuchtete man mir in der Vergangenheit in die rot verkifften Augen, um sich bloß davon zu überzeugen, dass ich auch Kontaktlinsen trage. Ebenso gelang es mir nach sechs Flaschen Bier schon, die Frage, ob ich Alkohol getrunken habe, mit einem selbstsicheren „Nein! Ich habe heute die Arschkarte gezogen und muss die Rolle des Fahrers für die Clique übernehmen“ zu beantworten und somit jegliche Zweifel an meiner Fahrtüchtigkeit aus dem Weg zu räumen. Ich habe also wirklich mehr als nur einmal Glück gehabt. Aber heute werde ich es mir wohl mit dem lieben Gott versaut haben. Also zurück zur Gegenwart.

Ich befinde mich in einem tranceähnlichen Zustand, als ich rechts ranfahre und meinen Wagen zum Stillstand bringe. Im Seitenspiegel beobachte ich, wie sich einer der Jungs in Uniform meinem Pkw nähert. Als er an meiner Fahrertür angekommen ist, kurble ich das Fenster runter, um seiner Aufforderung „Führerschein und Fahrzeugschein, bitte!" Folge leisten zu können. Ich wühle im Handschuhfach mit der Bitte um ein wenig Geduld. Zunehmend unruhiger werde ich, als ich das Mäppchen, welches alle verlangten Papiere beinhaltet, nicht gleich auf Anhieb finde.

„Welch dilettantisches Auftreten!", denke ich mir. Das kann ja eigentlich nur verdächtig wirken.

Nachdem ich das Mäppchen endlich aus dem Chaos hervorgekramt habe, werfe ich einen kurzen Blick hinein, um mich zu vergewissern, dass auch wirklich alles da ist. Ich überreiche dem Polizisten das Mäppchen und gestatte mir im gewitzten Tonfall folgende Bemerkung: „Ich habe sogar zwei Führerscheine! Davon können Sie sich gerne einen aussuchen."

Der Polizist daraufhin: „Zwei? Wieso zwei?"

Ich erkläre ihm, dass ich vor ein paar Jahren glaubte, meinen Führerschein verloren zu haben, und deswegen einen Neuen beantragen musste. Vor kurzem sei er jedoch wieder aufgetaucht, was sich wohl darauf zurückführen lässt, dass ich ihn zuvor anscheinend doch nur verlegt hatte, jedoch zum damaligen Zeitpunkt nicht finden konnte.

„Na, den hätten Sie dann aber abgeben müssen. Dafür gibt man ja auch eine eidesstattliche Versicherung ab, wenn man den Verlust von Papieren meldet."

Nach dieser Belehrung werde ich dazu aufgefordert, Warndreieck und Verbandskasten vorzuweisen. Und, oh Wunder, ich habe beides. Doch dann folgt der vorerst unangenehmste Teil dieser Nacht.

Der Polizist fragt: „Und wie sieht's aus? Haben Sie heute schon etwas getrunken?"

Ich: „Äh … nein!"

Der Polizist: „Pusten Sie mich mal an!"

Ich puste ihm ins Gesicht und verspüre dabei zeitgleich noch den Geschmack des französischen nassen Köters, den ich zuletzt getrunken hatte. Resignierend senke ich den Blick zu Boden, bevor er mich fragt, ob ich mit einem Alkoholtest einverstanden sei. Ich nicke lautlos und folge ihm in beinahe schon fatalistischer Ruhe zum Streifenwagen, wo bereits ein Kollege und eine Kollegin von ihm das Promillemessgerät für mich vorbereiten.

Ich bin auf alles gefasst und gehe fest davon aus, dass ich von diesem Tage an wieder Bus- und Bahnfahrer werden würde. Ich hole tief Luft und beginne zu pusten. Im selben Moment fühle ich mich dabei schon fast routiniert. Im Anschluss daran beginnt das Gerät zu rechnen. Sekunden, die meinen Puls noch einmal in einen grenzwertigen Bereich treiben. Eine unerträgliche Spannung baut sich in mir auf. Ich halte den Atem an. Die Polizisten scheinen in der Hoffnung auf Schadenfreude ebenfalls ganz aufgeregt zu sein.

Dann, Trommelwirbel … das Ergebnis: 0,42 Promille! Ich schnaufe vor Erleichterung.

Lieber Gott, es gibt dich also doch! Von nun an werde ich wirklich immer ganz artig sein, das verspreche ich!

„Bei Ihrer Fahne sind Sie nun aber wirklich mit zwei blauen Augen davon gekommen!", sagt die Polizistin.

Doch bevor ich meinen Sieg feiern kann, weist ihr Kollege

mich darauf hin: „Ein Problem hätten wir dann aber dennoch. Ihren alten Führerschein muss ich wegen des Verdachtes einer falschen eidesstattlichen Versicherung sicherstellen." – „Na gut, von mir aus. Den alten Führerschein brauche sowieso nicht mehr. Mich stört bloß ein wenig die damit verbundene Verdächtigung."

Daraufhin unterschreibe ich einen Beleg, auf dem der Verdacht aufgeführt ist. Abschließend nehme ich zur Kenntnis, dass man sich aufgrund möglicher Konsequenzen bei mir melden würde. Zu Hause angekommen, besaufe ich mich erst einmal nach der ganzen Aufregung und falle erschöpft ins Bett, als draußen bereits die Sonne aufgeht.

Na, da bin doch mal gespannt drauf, ob ich tatsächlich für drei Jahre ins Gefängnis muss. So hoch jedenfalls das Strafmaß nach §156 des Strafgesetzbuches bei falscher Versicherung an Eides statt. Auch wenn man einen solchen Vorwurf zunächst einmal beweisen müsste. Aber aus der Tatsache, dass ich meinen aktuellen Führerschein in den vergangenen zwei Jahren zweimal aufgrund überhöhter Geschwindigkeit für jeweils vier Wochen abgeben musste, könnte man mir in dieser Angelegenheit vermutlich einen Strick drehen. Man könnte mir vorwerfen, ich hätte mir den alten Führerschein als Ersatz aufbewahren wollen. Auch wenn das meiner Meinung nach völliger Unfug wäre, denn wer wäre schon so leichtsinnig, ein solches Risiko einzugehen? Also zum einen, während eines Fahrverbots trotzdem zu fahren, und zum anderen, während einer Verkehrskontrolle darauf zu hoffen, mit dem alten, eigens verloren gemeldeten Führerschein durchzukommen.

So blöd wäre selbst ich nicht.

Ich persönlich habe auch noch nie erlebt, dass sich ein Polizist meinen Führerschein bloß flüchtig angesehen hätte, so wie ein Schaffner mal eben die Fahrkarte abstempelt. Außerdem hätte ich den alten Lappen im aktuellen Fall sicherlich nicht vorgezeigt, wenn ich ihn mir als Ersatz hätte aufbewahren wollen.

Doch wieso versuche ich mich hier eigentlich zu rechtfertigen?

Na ja, wohin das alles letztendlich auch führen wird, nachdem ich bereits im Irrenhaus war, werde ich schlimmstenfalls auch den Knast überleben.

Jegliche Bemühungen mich zu resozialisieren, sind fehlgeschlagen

18.03.06: Diesmal habe ich sprichwörtlich den Vogel abgeschossen. Ich liege volltrunken und regungslos auf dem Fußboden, zusammengekauert in Embryonalstellung vor dem Kühlschrank in der Küche meiner Eltern. Neben mir liegen zwei unserer insgesamt vier Familienhunde. Vermutlich sind sie ebenso peinlich berührt, als mich meine Mutter um 7:30 Uhr morgens in diesem beschämenswerten Zustand vorfindet. Nachdem sie sich mittels Pulskontrolle davon überzeugt hat, dass ich noch am Leben bin, versucht sie mich zu wecken. Anfänglich noch behutsam, doch aufgrund fehlender Reaktion meinerseits, dann zunehmend unsanfter und bestimmter. Als sie mich schließlich wach geschüttelt hat, scheine ich auf ihre Fragen nur bedingt adäquat zu antworten und beginne unkontrolliert zu kichern. Daraufhin stützt sie mich die Treppe runter auf dem Weg zum Bett und hilft mir – wie einst in frühsten Jahren – aus den Klamotten raus.

Am Nachmittag wache ich auf. Der Kater ist brutal, der Film zerknittert und an irgendeiner Stelle gerissen. Eine Erinnerung daran, woher ich das Veilchen über meinem rechten Auge habe, lässt sich nicht mehr rekonstruieren. Mein Auto steht nicht vor der Tür. Eine kleine Erleichterung, die darauf schließen lässt, dass ich erfreulicherweise in der Nacht zuvor nach Hause gebracht wurde und nicht

verantwortungslos selbst gefahren bin. Einen bleibenden Eindruck scheinen lediglich zwei beiläufige Personen des vorangegangen Abend bei mit hinterlassen zu haben.

Nummer eins war ein circa 70-jähriger, interessant aussehender, schweigender, alter Herr, der eine gewisse Ähnlichkeit mit Kommissar *Derrick* aufwies. Nummer zwei hingegen ein weitaus jüngerer, überraschend sympathischer, mir zugewandter Hip-Hopper. Mit *Derrick* sprach ich jedoch kein einziges Wort. Schade eigentlich. Er schien mir nämlich durchaus so, als wäre er einem gemeinsamen

Thekenpathos nicht abgeneigt. Zu gerne hätte ich mich von seinem Weltbild überzeugt und seinen Geschichten gelauscht. Doch bevor ich den Mut fassen konnte, ihn anzusprechen, hatte er die Kneipe bereits wieder verlassen. Der Hip-Hopper hingegen, der zuvor wohl offensichtlich mit seinen Homies auf der Tanzfläche in Aktion war, stellte sich mir folgendermaßen vor:

„Yo! Ich bin … (Name vergessen) Wie heißt du?"

Ich: „Alex."

Er machte mit der Hand eine lässige HipHop-Geste, um sie mir anschließend zur Begrüßung entgegenzustrecken.

„Sitzt du bereits den ganzen Abend bloß an der Theke?"

Ich antwortete: „Ja, was sollte ich denn sonst auch machen?"

Er: „Na ja, du hättest dich doch ruhig mal auf die Tanzfläche trauen können. Weißt du, früher war ich auch noch unsicher und dachte immer, die anderen Pimps hätten einen fetteren Style drauf als ich. Doch dann habe ich es einfach mal versucht, und merkte … na, es geht doch!"

Im Anschluss daran sprang er zurück zu seinen Homies auf die Tanzfläche. Ein Glück, dass er mich nicht mitschleifte, um sich von meinem Style überzeugen zu wollen.

09.04.06: Um Himmels Willen. Was ist das wieder für eine fatale Nacht. Eine von circa 150 Leuten besuchte Geburtstagsparty in Köln. 10 € Eintritt, dafür frei saufen. Ich liege mit meinen 26 circa 15 Jahre unter dem Altersdurchschnitt. Eine 40-Jährige hätte mich beinahe vernascht. Allerdings wirke ich zu teilnahmslos und uner-

widernd. Während sie mich schwungvoll über die Tanzfläche wirbelt, versuche ich ihren hartnäckigen, euphorischen Küssen auszuweichen.

Es ist Vormittag, 11:30 Uhr (!), als ich mein letztes Bier ausgetrunken habe und zusammen mit meinem Freund Ninja als einer der Letzten die Party verlasse. Ich kann kaum noch geradeaus gucken, habe eine Kontaktlinse verloren und torkle halb blind und völlig fertig mit der Welt zum Auto. Unser Humor ist mal wieder auf unterstem Niveau angelangt. Auf der einen Hand habe ich den

Eintrittsstempel, auf der anderen Hand einen von Ninja mit Kugelschreiber gekritzelten Penis. Erfreulicherweise holt uns meine Freundin Rebecca ab. Ich wäre wohl nach einem Nickerchen im Auto nicht vor 18:00 Uhr wieder fahrtüchtig gewesen.

Scheiße, und morgen wieder arbeiten. Ich würde 50 € dafür zahlen, wenn ich nach diesem Sonntag noch einen Extra-Tag zum Erholen gestattet bekäme. Ich glaube, es wird mal wieder Zeit für gemütliche Leseabende vor dem Kamin, entspannende Kräuterbäder, eine Meditations-CD, gesundes Essen und zwischendurch vielleicht ein gutes Kreuzworträtsel oder etwas autogenes Training. Darüber hinaus sollte ich auch mal eine Entschlackungskur in Betracht ziehen. So kann es jedenfalls nicht weitergehen.

Oder doch.

11.04.06: Soeben habe ich die Mitarbeitertoilette meiner Abteilung verstopft. Ich habe die penible Angewohnheit, auf allen Toiletten, die ich nicht mit meinen engsten Vertrauten teile, aufgrund von Hygienevorrichtungen mir vor dem Niederlassen ein Nest aus Toilettenpapier zu bauen. Ich erledige diesen Vorgang sehr akribisch.

Ein einfaches Nest reicht nicht aus. Das Papier muss dabei mehrlagig auf die Klobrille aufgebracht werden, um meinen Ansprüchen gerecht zu werden.

Der einzige Nachteil dabei ist, wenn man zu großzügig mit dem Papier umgeht und jenes dazurechnet, welches man selbstverständlich im Anschluss des erledigten Geschäfts benötigt, dann kann dies zur Überforderung der

Spülung führen. Und genau das ist mir soeben passiert – peinlicherweise an meinem Arbeitsplatz. Das Stochern mit der Klobürste hat nicht geholfen. Ich musste warten, bis das angestiegene Wasser langsam abgesickert war. Dann habe ich die Spülung erneut betätigt und die ganze Scheiße kam wieder mit nach oben. Nachdem die Suppe nach endloser Wartezeit erneut abgesickert war, habe ich das WC einfach verlassen. Gerne hätte ich noch ein weiteres Mal nachgespült, doch die Befürchtung, dass alles erneut nach oben geschwemmt werden würde, war zu groß.

Das gleiche Spektakel ist mir vor einigen Jahren mal in der Wohnung der Großeltern eines Freundes widerfahren. Damals wäre es jedoch zu auffällig gewesen, hätte ich die Toilette in diesem Zustand einfach so zurückgelassen. Daher blieb mir keine andere Möglichkeit, als die heikle Situation möglichst unauffällig hinter mich zu bringen.

Mein Freund reichte mir einen großen Müllbeutel, eine Rolle Klebeband und ein Stück Kabeldraht. Den Müllbeutel zog ich mir über den gesamten Arm bis hoch zur Schulter und fixierte ihn mit Klebeband. Daraufhin nahm ich den Kabeldraht und brachte ihn in eine geeignete Form. Zum krönenden Abschluss wurde das Abflussrohr der Toilette dann erstmal ordentlich gefistet. Was für manchen Klempner Alltag zu sein scheint, wurde für mich zur Grenzerfahrung.

Besonders unangenehm wurde es für mich, als der Opa meines Freundes auf die missliche Lage, in der ich mich befand, aufmerksam wurde und ich sein Angebot auf Hilfestellung dankend ablehnen durfte.

Mittlerweile sitze ich am Computer meines Arbeitsplatzes. Wenn der Verdacht bezüglich der gegenwärtig verstopften Toilette auf mich zurückfallen sollte, stelle ich mich einfach doof.

24.04.06: Während ich auf meinem Handy einige Kurznachrichten lösche, um freien Speicherplatz zu schaffen, stoße ich auf folgende SMS vom 26.10.05, die mir Rebecca einst gesendet hatte: „Hihi, muss gerade über dich lachen. Weißt du noch, dass du mir Samstagnacht im besoffenen

Kopf an der Tanke diesen riesigen Stoffhund kaufen wolltest? Für 70 €!“

26.04.06: Meine Befürchtung wurde wahr. Nachdem mir das Malheur mit der Toilette an meinem Arbeitsplatz widerfahren ist, war es abzusehen, dass sich das Problem – im wahrsten Sinne des Wortes – nicht von selbst lösen würde. Ein nachfolgender WC-Besucher hinterließ kurz darauf einen bestialischen Haufen in der verstopften Kloschüssel, umgeben von brauner Soße, deren Oberfläche bis zur Klobrille ragte. Der Gestank reichte bis in den Flur. Die Putzfrauen schienen daraufhin vermutlich einen Warnstreik ausgesprochen zu haben, womit wohl zu erklären wäre, warum der Ort des Ekels drei Tage lang unangerührt sich selbst überlassen wurde. Mittlerweile hängt seit Anfang vergangener Woche ein Schild an verschlossener WC-Tür mit der Aufschrift „Defekt!"

Und wer ist für das alles verantwortlich? Also, ich mal ganz sicher nicht.

Meine Freundin beichtet mir sie habe im Traum Sex mit den Strokes gehabt

... wenige Tage später ist unsere Beziehung im Arsch.

26.05.06: Mein Freund Roland feiert Geburtstag. Abendgarderobe erforderlich. Motto: 80er-Jahre. Ich bemühe mich bei der Wahl meines Outfits um Authentizität. Ich trage ein bauchfreies *Puma*-Shirt, eine metallic-blaue Trainingshose, dazu eine rosa *Adidas*-Jacke, alte *Adidas*-Turnschuhe, ein rotes Stirnband und eine Brille mit viereckigem Metallgestell, die ich aus einer Schublade meines Vaters geklaut habe, um sie eigens für diesen Anlass von ihren Gläsern zu befreien. Da ich Liebe zum Detail schätze, trage ich unten drunter sogar eine viel zu große, schlabberige, weiße Feinrippunterhose.

Der Abend verläuft erwartungsgemäß feuchtfröhlich. Zu späterer Stunde findet ein Tanz-Contest statt. Schließlich bin ich an der Reihe. Nachdem ich zu *MC Hammer* einen ambitionierten Rap, ergänzt durch eine Breakdance-Einlage, zum Besten gebe, ziehe ich mir während eines Luftsprunges die metallic-blaue Trainingshose runter in die Kniekehlen, um meine Feinrippunterhose zu präsentieren. Im selben Moment baumelt dabei mein Pipimann aus dem Eingriff hervor.

Trotz der völligen Ekstase, in der ich mich befinde, und der lauten Musik im Hintergrund, vernehme ich das schallende Gelächter der circa 20 anwesenden Gäste. Als ich den

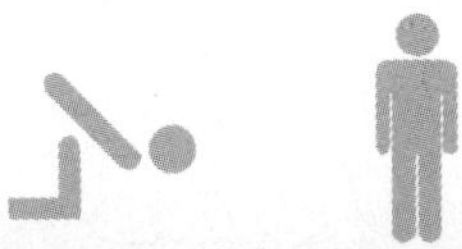

Tanz daraufhin mit heraushängendem Genital fortführe, um Applaus herauszufordern, verstummt das Lachen jedoch zu meiner Enttäuschung zu einem betroffenen, peinlich berührten Schweigen. Daraufhin verlasse ich die Tanzfläche.

Um circa 5:00 Uhr torkle ich zur Taxizentrale. Als man mir einen Taxifahrer zuweist, schaut mich dieser eher mitleidvoll an, als dass er über meinen Aufzug schmunzeln würde.

09.06.06: Auf dem Nachhauseweg sitze ich eine geschlagene Stunde bei 25 Grad Außentemperatur im Stau fest. Absoluter Stillstand. Kurz zuvor habe ich meine praktische Abschlussprüfung zum zukünftigen Arbeitslosen fertiggestellt. Meine Freundin hat mich gestern nach drei Jahren wegen eines anderen verlassen. Ich habe Halsschmerzen, aufgrund einer Mandelentzündung. Meine Haut im Gesicht brennt und juckt wegen eines Neurodermitis-Schubs. Ich leide seit einigen Wochen plötzlich an kreisrundem Haarausfall – vermutlich bedingt durch Stress. Die Fußball-WM geht mir auf den Sack. Zu allem Überfluss muss ich scheißen – und zwar mehr als dringend. Ich bin mit meinen Kräften und Nerven am Ende und sehne mich nur noch nach einer vertrauten Toilette und dem Bett, in dem nun niemand mehr auf mich wartet, mit Ausnahme einiger Plüschtiere. Stattdessen stecke ich hier nun bei sengender Hitze in meinem verhassten Pkw auf der Autobahn fest und bemühe mich eine drohende Panikattacke in Schach zu halten. Seit einer Ewigkeit geht es keinen Zentimeter mehr weiter vorwärts. Währenddessen steigt aus dem Pkw vor mir ein circa 40-jähriger, schmieriger 08/15-Typ, um eine Zigarette draußen an der heißen, stickigen Autobahnluft zu rauchen. Er trägt einen biederen Ehemann-Haarschnitt, ein Polohemd, dazu graue Shorts und hässliche Sandalen. An seinem Nacken laufen Schweißperlen herunter. Er erscheint mir jemand folgender Sorte zu sein: „Ich bin seit Jahren verheiratet und lasse mich gehen. Meine Frau habe ich auf der Dorfkirmes kennen gelernt, und im Bett brauche ich selten länger als drei Minuten."

Am Steuer des Pkw sehe ich eine langhaarige blonde Person sitzen, bei der ich in diesem Augenblick davon ausgehe, dass es sich um seine bedauernswerte Gattin handelt. Obwohl mich der Typ aufgrund meiner Charakterisierung einerseits anwidert, beneide ich ihn dennoch zugleich einen Moment lang. Im Gegensatz zu mir scheint er zumindest immer noch eine Frau an der Seite zu haben. Eine Frau, die ihm morgens die Klamotten für die Arbeit rauslegt und die ihn bekocht, wenn er nach Feierabend erschöpft nach Hause kommt. Eine solche Kontinuität kann ich leider nicht mehr mein Eigen nennen. Zwar hatte man mich auch zuvor nur selten bekocht, geschweige denn mir die Kleidung rausgelegt, aber immerhin gab es eine Person in meinem Leben, die zu mir stand und die mich nachts mit dem Auto nach Hause fuhr, wenn ich selbst dafür zu besoffen gewesen war.

Beim Anblick des Kerls bekomme ich Selbstzweifel und frage mich, wie jemand, der so aussieht wie er, es fertig bringt, seinen Alltag in weiblicher Begleitung bestreiten zu dürfen. Andererseits schöpfe ich Hoffnung bei dem Gedanken, dass es wohl tatsächlich Frauen auf der Welt zu geben scheint, die sich offensichtlich für nichts zu schade sind. Als dann jedoch schließlich die Person, welche ich anfänglich für seine Ehefrau gehalten hatte, auch aus dem Wagen steigt, verpufft meine Illusion. Denn die vermeintliche Gattin ist ein Kerl. Also doch bloß ein banaler Kumpel. Sonnenbankgebräunt, mit langer blonder Föhnfrisur und goldenem Halskettchen. Er erinnert mich an einen der beiden Trottel von *Miami Vice*. Zwei dumme Vollprolls, vermutlich auf dem Weg zu irgendeiner beschissenen WM-Party. Heute Abend werden sie wohl gemeinsam noch einige Biere trinken, um dann anschließend zur Feier des Tages in irgendein Bordell zu fahren – zumindest gesetzt den Fall, dass Deutschland gewinnen sollte.

Etwa zur selben Zeit werde ich zu Hause alleine in meinem Bettchen liegen und mir einreden, wie schön es sein kann, alleine zu sein. Und zum Einschlafen konjugiere ich dann einfach ein paar Verben. Im Singular.

10.06.06: Anstatt mich weiterhin im Selbstmitleid zu suhlen, beschließe ich etwas Abwechslung willkommen zu heißen. Ich begleite ein paar Freunde nach Brühl ins *Phantasialand*. Doch selbst Europas angeblich spektakulärste Achterbahn, mit dem Ehrfurcht erweckenden Namen *Black Mamba*, verschafft mir nicht den nötigen Kick, den ich mir davon erhofft habe. Ich bin mir nicht ganz sicher, ob es am Liebeskummer liegt. Ein weiterer Erklärungsansatz für meinen mangelnden Enthusiasmus könnte vielleicht aber auch die Theorie sein, dass ich mittlerweile, infolge der zahlreichen Exzesse vergangener Jahre, bereits sämtliche Endorphine ausgeschüttet habe, und der Stoffwechsel deren Produktion inzwischen eingestellt hat.

15.06.06: Es ist Donnerstagabend. Ich habe morgen frei. Da ich den Abend nicht alleine zu Hause verbringen möchte, beschließe ich aus Verzweiflung eine Rock-Diskothek der ganz besonders widerwärtigen Sorte zu besuchen. Einziger Anreiz: Das Kölsch kostet siebzig Cent pro Glas.

Am Eingang fragt mich der Türsteher, ob es mir gut gehe. Ich bin etwas verunsichert, und glaube im ersten Moment mich verhört zu haben. Deshalb versuche ich mich zu vergewissern und frage vorsichtig: „Wie bitte?"

Im strengen, diesmal unüberhörbaren Tonfall wiederholt er sich: „Geht es dir gut?!"

Erneut bin ich irritiert und denke zögernd über eine Antwort nach. Spontan kommt mir mein Liebeskummer in den Sinn, der begründen würde, warum es mir zurzeit wirklich alles andere als gut geht. Dennoch gehe ich davon aus, dass es nicht das ist, was er hören möchte. Außerdem erscheint mir dieses Thema als zu privat dafür, dass wir uns gerade zum ersten Mal gegenüberstehen, daher lüge ich:

„Mir geht es gut, danke der Nachfrage."

Er daraufhin: „Als du vorhin um die Ecke kamst, hattest du einen ganz seltsamen Gang drauf!"

Hä? Ich? Einen seltsamen Gang drauf? Ich habe bisher nicht ein einziges Bier getrunken und eine Gehbehinderung wurde mir darüber hinaus bis heute nicht belegt!?

Ich überlege, ob wohl das Neuroleptikum, welches ich am Morgen zuvor, aufgrund des Stresses der vergangenen Tage, nach längerer Zeit mal wieder präventiv eingenommen hatte, dafür verantwortlich sein könnte. Laut Beipackzettel können bei einem solchen Medikament nämlich Bewegungsstörungen als Nebenwirkung auftreten. Dennoch halte ich diese Vermutung ebenfalls für zu privat und inadäquat, um sie gegenüber dem Türsteher zu äußern. Aus diesem Grund betone ich erneut mit verständnislosem Blick: „Nein, es geht mir wirklich wunderbar!"

„Mach keinen Ärger", antwortet er mit bedrohlicher Mimik und gewährt mir schließlich Einlass, nachdem sein Kollege ihn darauf hinweist, dass er mich kennen würde und ich okay sei.

Daraufhin ist meine Laune zunächst einmal am Tiefpunkt angelangt. Bis zum achten Getränk stehe ich eingeschüchtert in irgendeiner Ecke und beobachte das Szenario. Routiniert sorgen die DJs für Brechreiz erregende Rockmusik. Rockmusik, die sich in diesem Laden mit Ausnahme der *Kaiser Chiefs* seit fünf Jahren nicht sonderlich geändert zu haben scheint. Und das, obwohl ich diesen Ort wirklich lange genug gemieden habe. Der Club ist überfüllt. Aufgrund der Hitze und hohen Luftfeuchtigkeit, lässt sich unfreiwillig schnell feststellen, welcher der hier anwesenden Gäste ein gutes, ein schlechtes oder überhaupt kein Deodorant verwendet zu haben scheint.

Das Publikum besteht zu 90 Prozent aus Normalo-Studententrotteln, die für meine kleine elitäre Welt einfach nicht Punk genug sind. Diese drängeln sich an

mir vorbei, saufen, lachen und tanzen zu Bands, deren Namenserwähnung im kursiven Schriftschnitt das schöne Bild dieses Fließtextes zerstören würde. Währenddessen nippe ich gelangweilt an meinem Kölsch, senke den Kopf gelegentlich verschämt zu Boden und hoffe darauf, mir die gegenwärtige, traurige Situation schön saufen zu können. Jedes Mal, wenn ich mir Biernachschub hole, stehe ich nicht weniger als fünfzehn Minuten in der Warteschlange vor der Theke. Vermutlich bin ich einfach zu rücksichtsvoll beziehungsweise nicht offensiv genug, aber ich schaffe es nicht wirklich, mich durchzusetzen. Mancher Vordrängler scheint meine Unsicherheit zu bemerken und nutzt sie schamlos zu seinen Gunsten aus.

Doch je mehr Getränke ich zu mir nehme, desto kontinuierlicher scheint allmählich mein Selbstbewusstsein zu wachsen. Als dieses infolgedessen endlich ein gesundes Maß angenommen zu haben scheint, denke ich kurz darüber nach, wie es wohl wäre, dem Türsteher von vorhin eins auf die Schnauze zu hauen. Erfreulicherweise siegt die Vernunft bei der realistischen Einschätzung, dass der Folgetag mit unangenehmeren Blessuren als lediglich einem Kater gesegnet sein würde. Durch diese Einsicht kommen mir stattdessen angenehmere Vorstellungen in den Sinn, wie ich mein Ego ebenfalls aufbauen könnte, und so beschließe ich, meinem eigentlichen Primärziel nachzugehen.

Am nächsten Morgen wache ich nach viel zuwenig Schlaf in einem fremden Bett in einer fremden Wohnung auf. Zwar verkatert, aber ohne gebrochene Knochen. Und vor allem nicht allein. Mission erfüllt.

20.06.06: Ein Klassentreffen meiner alten Realschule. Ich finde es ja beeindruckend, welche Recherchearbeit angestellt worden sein muss, um meinen aktuellen Wohnsitz in Erfahrung zu bringen. Zumal ich seit jener Zeit zu keinem meiner früheren Klassenkameraden mehr Kontakt gehabt habe. Mal abgesehen von einer einzigen Person, sein Name ist übrigens Jens. Ihn traf ich wenige Jahre nach unserem gemeinsamen Schulabschluss kurioserweise einmal zufällig in einem Schwesternwohnheim. Ich kann mich heute nicht mehr genau daran erinnern, aus welchem Grund ich mich an diesem Tag ausgerechnet in dieses Schwesternwohnheim verirrt hatte. Genauso wenig, wie ich mich daran erinnern kann, was Jens zu diesem Zeitpunkt dort trieb. Wenn ich mich nicht irre, waren es irgendwelche Mädchen, die man unabhängig voneinander dort anzutreffen glaubte. Irgendwie so muss es jedenfalls gewesen sein. Ebenso zufällig, wie die Tatsache, sich an einem solch untypischen Ort wieder zu treffen, war es auch, dass wir beide bereits besoffen waren, als wir uns über den Weg liefen. Ich hätte ihn damals fast nicht wieder erkannt. In der Schule war er ein eher unscheinbarer, wenn auch großer, schlaksiger Typ mit Schlaumeierbrille. Dadurch sah er eigentlich so aus, als wäre er außergewöhnlich intelligent und würde gute Noten schreiben. Doch dem war nicht so. Stattdessen zeichnete er blutige Gewaltcomics, in denen in 99 Prozent der Fälle unser Mathelehrer das Opfer war. Schon alleine aus diesem Grund war er mir bereits zu Schulzeiten sympathisch. Als ich ihn dann eines Tages in diesem besagten Schwesternwohnheim unerwartet wieder traf, sah er inzwischen ganz anders aus. Er war zwar noch genauso groß und schlaksig, wie ich ihn in Erinnerung behalten hatte, aber die Schlaumeierbrille war weg. Stattdessen trug er unter einer Baseballkappe ungepflegtes, längeres Haar und dazu einen Vollbart. Wenn ich mich recht entsinne, trug er außerdem sogar ein kariertes Flanellhemd. Er hatte ein frech-debiles Grinsen im Gesicht, als wir uns gegenüber standen. Nach einem kurzen Plausch zur Begrüßung stellte sich schnell heraus, dass er neben seinem äußeren Erscheinungsbild konsequenterweise auch seinen Sprachjargon dem der sozialen Mittelschicht untergeordnet hatte. Mir imponierten dabei seine Ehrlichkeit und Selbstironie, mit der er sich mir gegenüber glaubte erklären zu müssen:

„Ich trinke abends vor der Glotze immer ein Sixpack Bier, damit ich besser einschlafen kann. Meine Eltern haben mich der Selbstständigkeit überlassen und sind seit ein paar Jahren mit einem Schiff unterwegs auf Weltreise. Ich selbst sehe mich als Teil einer Randgruppe dieser Gesellschaft und höre Grindcore."

Wir tranken an diesem Abend noch gemeinsam einige Biere, blitzten vermutlich beide bei den Mädels im Schwesternwohnheim ab, und sahen uns danach bis heute nie mehr wieder.

Für den Fall, dass ich an angekündigtem Klassentreffen teilnehmen sollte, wäre es vermutlich interessant zu sehen, wie sich mein alter Klassenkammerad seitdem weiter entwickelt hat, vorausgesetzt auch er würde erscheinen.

Weitaus weniger interessant werden hingegen die höchstwahrscheinlich lückenlosen Lebensläufe aller anderen früheren Mitschüler/innen ausgefallen sein. In unserer Klasse gab es zum größten Teil eigentlich nur doofe Mädchen. Zwei von denen, die sich schon damals immer sehr engagiert zeigten, haben nun eben auch zum Klassentreffen aufgerufen. Auffallend an dieser Einladung sind die Unterschriften der beiden inzwischen herangewachsenen jungen Damen. Aus dem Nachnamen der einen ist mittlerweile ein Doppelname geworden, während die andere nur noch auf ihren alten Vornamen hört. Damit auch jeder erkennt, wer da alles bereits glücklich verheiratet ist, wurden die ursprünglichen, einst bekannten Namen selbstverständlich eingeklammert hinzugefügt.

Na, das kann ja lustig werden! Wovon werden sie darüber hinaus wohl berichten? Vielleicht davon, dass sie zuerst ihr Abitur gemacht haben, mittlerweile mit dem Studium fertig geworden sind, und in Kürze auf ihren Bausparvertrag zurückgreifen werden, da familiärer Nachwuchs in Planung ist, oder bereits vorhanden?

Vermutlich denke ich in Klischees, da die einzelnen Berichterstattungen aber aller Wahrscheinlichkeit nach in einigen, wenn nicht sogar in den meisten Fällen genau so ausfallen werden, sollte ich mir dringend darüber Gedanken machen, wie ich meinen eigenen Auftritt in Szene setzen könnte. Was habe ich aus den vergangenen zehn Jahren denn vorzuweisen?

Womit ich kontern könnte, wäre, dass ich seit der Schulzeit mehrere Male im Irrenhaus untergebracht war, jahrelang tetrahydrocannabinolabhängig gewesen bin und mit Mitte 20 meine erste Ausbildung im Rahmen einer Rehabilitationsmaßnahme begonnen habe, wo ich bis heute, im Alter von fast 27 Jahren, in einem Wohnheim von Erzieherinnen betreut werde. Vielleicht sollte ich auch erwähnen, dass ich inzwischen zum zweiten Mal frisch geschieden wäre, gesetzt den Fall, ich hätte jemals geheiratet. Ebenso könnte ich punkten, wenn ich erzählen würde, dass ich irgendwann mal eine Telefonsexrechnung in Höhe von 2.000 DM verursacht habe. Oder auch damit, dass ich in-

nerhalb der vergangenen 24 Monate bereits zweimal meinen Führerschein abgeben durfte.

Immerhin bin ich bisher nicht vorbestraft, sodass ich zumindest darauf hoffen darf, mehr Häme denn Verachtung entgegengebracht zu bekommen.

25.06.06: Es ist 12:00 Uhr mittags. Nach durchzechter Nacht sitze ich auf einer Wiese am Rhein. Neben mir eine unverbindliche Damenbekanntschaft vom Abend zuvor. Im Zustand von schätzungsweise drei Promille versuche ich

ihrem Amphetaminrausch standzuhalten. Wir unterhalten uns über Themen, über die man nüchtern und ausgeschlafen eigentlich nur mit seinem Psychiater sprechen würde. Ich überzeuge sie davon, dass es vielleicht das Vernünftigste wäre, wenn wir den Tag bei ihr zu Hause ausklingen lassen würden. Dort angekommen, schlafe ich im Sessel ein, nachdem sie sich zum Duschen ins Bad begibt. Als ich um 15:30 Uhr aufwache, verlasse ich auf leisen Schritten ihre Wohnung, während sie noch schlafend, unangerührt und frisch geduscht, alleine in ihrem Bett liegt. Es ist ein un-

angenehm heißer, sonniger Tag. Ich schlendere zur nächsten Tankstelle, bestelle ein Taxi und lasse mich zu meinem Auto in die Innenstadt bringen. Am Abend erreicht mich folgende SMS:

„Du hast uns beiden wahrscheinlich eine unangenehme Situation erspart (‚Cause what is simple in the moonlight, by the morning never is'). Na ja, wegen dem Einschlafen … du weißt ja, wo ich wohne, für den Fall, dass du das Gefühl hast, was verpasst zu haben. Schönen Tag noch."

Ich glaube, ich brauche ganz dringend ganz viel Schlaf.

28.06.06: Meine Arbeitskollegen schenken mir nach bestandener Abschlussprüfung zum Abschied die *Rambo*-DVD-Box. Ein kleiner Trost in meiner Misere. Das wird ein gemütlicher Abend. Auch ohne Frau.

Die ersten Tage vor einem neuen Lebensabschnitt

… gestalte ich so, wie man sich die Zeit als mental labiler Mensch besser nicht längerfristig vertreiben sollte. Ich saufe viel, schlafe wenig und verbringe meine Zeit bei drogenabhängigen Frauen.

01.-22.07.06: Eines Nachts läuft mir Stefanie – die Bekanntschaft vom vorigen Wochenende – wieder über den Weg. Sie zögert nicht lange und lädt mich erneut zu sich nach Hause ein. Da sie heute Geburtstag hat, bezahlt sie uns zur Feier des Tages das Taxi zu ihrer Wohnung und spendiert mir außerdem noch zwei Sixpacks Bier, während eines Zwischenstopps an der Tankstelle. Bei ihr zu Hause angekommen, lasse ich mich entspannt auf ihrer Wohnzimmersitzgarnitur nieder, auf der ich beim vergangenen Mal eingeschlafen war, bevor es hätte amüsant werden können. Im Hintergrund läuft intellektuelle Musik und wir führen tiefsinnige Gespräche.

Mit jedem Bier, das ich öffne, zieht sie sich eine Line weißes Pulver durch die Nase. Ich fühle mich wie in einem *Tarantino*-Film, der erst noch gedreht werden muss. In den darauf folgenden 36 Stunden erlangt die Plattitüde „Sex, Drugs und Rock'n'Roll" für mich eine neue Bedeutung. Im Anschluss daran bietet sie mir eine weitere Übernachtung bei sich an. Ich lehne jedoch dankend ab, da ich die gegenwärtige Situation als Genugtuung empfinde.

Es gibt Momente, die sollte man rechtzeitig beenden, damit man sie positiv in Erinnerung behält.

Einige Tage sowie eine weitere unbedeutende Damenbekanntschaft später lerne ich Angelika kennen – nach bereits aufgegangener Sonne, morgens um 7:00 Uhr auf offener Straße in der Altstadt. Wir verbringen den Vormittag in den letzten Absteigen der Stadt und ich verliebe mich binnen weniger Stunden. Angelika besitzt das gewisse Etwas, das eine Frau haben muss, um mich zu verzücken. Rational betrachtet wäre sie eigentlich alles andere als die

Frau, die ich mir auf meine Bedürfnisse zurechtschneidern lassen würde: Sie ist acht Jahre jünger als ich, steckt mitten in ihrer Orientierungsphase, hat einen beschissenen Musikgeschmack und auch sie konsumiert Drogen, die ich selbst bereits vor Jahren aufgegeben habe. Nichtsdestotrotz verzaubert mich ihre forsche, aber dennoch sensible Ausstrahlung.

Einige Stunden später profitiere ich von ihrer darüber hinaus exorbitant ausgeprägten Libido. Die Worthülse „Leidenschaft" erlangt für mich eine neue Bedeutung. Ich habe wahrhaftig Schmetterlinge im Bauch.

In der darauf folgenden Woche treffen wir uns wieder. Vor unserem ersten offiziellen Date fühle ich mich wie ein Teenager. Ich bin so nervös und unbeholfen, dass ich selbst im Internet nach Tipps recherchiere, wie man sich während eines ersten Rendezvous zu verhalten hat.

Im Anschluss daran verspüre ich sogar den Drang, meine Wohnung auf Vordermann zu bringen. Aus der Erfahrung heraus gibt es bei mir übrigens zwei Symptome, woran ich erkennen kann, ob ich tatsächlich verknallt bin. Nummer eins: Ich räume meine Bude auf, um keinen schlechten Eindruck zu hinterlassen. Nummer zwei: Ich kann Selbstbefriedigung nicht mit Vorstellungen verbinden, welche die jeweilige Person betreffen.

Bevor ich mich auf den Weg zum vereinbarten Treffpunkt mache, kontrolliere ich nochmals den Sitz meiner Frisur und Kleidung. Den Gesprächsverlauf möglicher Dialoge, die stattfinden könnten, habe ich bereits in Gedanken akribisch durchgespielt. Vermutlich bin ich besser vorbereitet, als jemals vor irgendeinem Bewerbungsgespräch. Für meine Verhältnisse achte ich diesmal sogar zur Abwechslung auf Pünktlichkeit, sodass ich schließlich rechtzeitig vor Ort ankomme.

Unsere Konversation an diesem Tag verläuft zu meiner Zufriedenheit. Zwar kann ich meine Befangenheit nicht verbergen, doch wird sie mir nicht negativ ausgelegt. (...)

Koketterie eines Gescheiterten

Bei den Frauen habe ich kein Glück. So auch nicht bei der Praktikantin dieser Zeitschrift. Denn sie hat es, aufgrund eines Copy-and-paste-Fehlers während der Textformatierung zu verantworten, dass in der letzten Ausgabe lediglich der Anfang meiner romantischen Lovestory zu lesen war.

Bedauerlicherweise brach diese daher vorzeitig, mittendrin und völlig abrupt ab. Also, liebe *Ox*-Praktikantin, es sei dir verziehen, für den Fall, dass du mich zu einer Tasse Kaffee, oder lieber noch, zu einem Bier einladen würdest. Denk darüber nach. Ich bin ein netter Kerl und werde auch nicht mit dir schimpfen. Nichtsdestotrotz hier nun die Fortsetzung der Geschichte eines Protagonisten auf der Suche nach Liebe, Harmonie und innerem Frieden …

01.-22.07.06: (…) Im Verlauf unserer Unterhaltungen lässt Angelika mich wissen, dass sie in zwei Monaten für ein Jahr lang durch Australien reisen wird. Außerdem genieße sie ihre Freiheit und sei nicht auf der Suche nach einer festen Beziehung. Infolgedessen reduziere ich meine Absichten auf eine Affäre. Und das, obwohl ich ihr eigentlich am liebsten sofort einen Heiratsantrag gemacht hätte.

Angelika scheint mir ebenfalls zugeneigt zu sein und so entscheiden wir uns die Zeit, die uns bis zu ihrer Abreise bleiben wird, gemeinsam zu verbringen. Daraufhin beschließen wir spontane Flitterwochen in Berlin.

Gerade mal eine Woche, nachdem wir uns das erste Mal besoffen über den Weg gelaufen sind, fahren wir in die Hauptstadt, um fünf Tage lang trautes Beisammensein zu zelebrieren. Tagsüber pennen wir im Hotel, abends ziehen wir los, um uns zu besaufen. Zwischendurch fahren wir ziellos mit der U-Bahn durch die Stadt, besuchen das gähnend langweilige *Beate-Uhse*-Sex-Museum, bummeln durch Geschäfte und fühlen uns von der Hitze gepeinigt.

Damit Angelika unsere gemeinsame Reise als abenteuerlich in Erinnerung behalten wird, lasse ich mich von ihr, nach dem Genuss einiger Cocktails, eines Nachts auf einer Plattenbau-Hinterhofwiese irgendwo in Kreuzberg verführen. Offensichtlich auch zum Vergnügen einiger Anwohner. Jedenfalls deutet das Gelächter aus unmittelbarer Entfernung darauf hin, dass trotz der Dunkelheit wohl zumindest die Silhouette unseres Liebesspiels erkennbar zu sein scheint. Aber das ist uns egal.

Im weiteren Verlauf unserer gemeinsamen Tage überkommen mich Zweifel und Unmut. Angelika scheint unbekümmert, während ich ihr gegenüber die Sehnsucht nach der großen, wahren Liebe verspüre. Zu gerne würde ich mich von ihrer Faszination für Sonnenuntergänge inspirieren lassen – wohl leider vergebens, dies wird mir zunehmend bewusst.

Den letzten Abend vor unserer Abreise verbringen wir in der Badewanne unseres Hotels – und zwar ganz dekadent mit reichlich Schaum und Prosecco aus der Minibar. Doch trotz des romantischen Flairs fühle ich mich innerlich niedergeschlagen. Und in der Gewissheit, dass sie mich mit einem gebrochenen Herzen zurücklassen wird, pisse ich zum Trotz heimlich in die Badewanne. Daraufhin endet unsere Romanze mit Antritt der Heimreise.

04.08.06: Die verzweifelte Suche nach Zuspruch führt mich in kuriose Situationen. Ich wache in der Personalwohnung einer Mitarbeiterin eines pompösen Vier-Sterne-Hotels auf. Die besagte Wohnung befindet sich in eben jenem Hotel. Klingt soweit ja recht verführerisch, doch zeugt der Anblick der guten Dame an diesem Morgen davon, dass es bei mir ebenso vier Promille gewesen sein müssten, die mich ihr gegenüber haben willenlos werden lassen. Da sie sich selbst noch im Land der Träume zu befinden scheint, würde ich am liebsten den Moment nutzen, um die Flucht zu ergreifen. Allerdings stellt sich mir der Weg durch das prunkvolle Foyer, vorbei an der Rezeption, als Problem dar. Man würde mich sicherlich nicht als offiziellen Gast dieses Hauses erkennen. Nach etwa einer guten Stunde Wartezeit und einigen Zigaretten später, erwacht schließlich auch meine Entführerin. Zu meiner Erleichterung hat sie sich nicht in mich verliebt und schleust mich kurz darauf durch die Eingangshalle nach draußen und schenkt mir die Freiheit. Darüber hinaus zeigt sie sich erkenntlich und bestellt mir ein Personaltaxi, für das ich nicht mehr als 5 € aufzubringen brauche. Dieses setzt allerdings voraus, dass ich dem Taxifahrer weismachen muss, dass ich saisonbedingt als Aushilfe im Hotel beschäftigt sei. Eine Aufgabe, der man zunächst einmal gewachsen sein muss. Zumindest, wenn man währenddessen von Anblick und Geruch her einem verwahrlosten, Klebstoff schnüffelnden Strichjungen eher gleicht als einer sozialisierten Hotelfachkraft.

12.08.06: Es gibt tatsächlich Restaurants, die um 6:00 Uhr morgens geöffnet haben. Nach dem Genuss von 200 Bieren und fünfzig Cuba Libre sitze ich zu jener Zeit leicht melancholisch, einsam und allein bei Kerzenschein an einem Tisch einer Pizzeria. Zum Trost gönne ich mir Pasta mit Scampis. Eigentlich bin ich Vegetarier, aber heute scheiße ich darauf.

An einem Tisch mir gegenüber sitzen ein paar Jungproleten in weiblicher Begleitung. Sie erscheinen mir übermütig und mustern mich skeptisch. Einer der Trottel, der sich besonders gewitzt vorzukommen scheint, erlaubt sich daraufhin im hämischen Tonfall eine Bemerkung, gefolgt von einem nach Bestätigung fordernden Lachen: „Guckt mal, der da drüben hat ein Rendezvous mit der Kerze!“

Haha, ein Rendezvous mit der Kerze. Dass ich nicht lache. Ihr habt nachher mal ein Rendezvous mit meiner Faust!

03.09.06: Ich verbringe die Zeit auf der Internetseite eines allseits bekannten kapitalistischsten Online-Versandhauses. Als ich im Anschluss eine Liste mit folgenden Buchtiteln entdecke, die als die von mir zuvor angesehenen Artikel dokumentiert wurden, zweifele ich an meinem Zustand:

– *Frauen schnell verführen. Wie Sie jede Nacht eine andere Frau haben können – Stanley McGraw,*
– *Muster der Verführung. Wie Sie die Frauen, die Sie begehren, verführen – Stefan Strecker,*
– *Wirksame Hilfe bei Haarausfall – Jenny Latz,*
– *Herrliches Haarwachstum durch Autosuggestion – Steffen Koall,*
– *Veränderung des subjektiven Erlebens. Fortgeschrittene Methoden des NLP – Richard Bandler,*
– *Die Glücksformel. Oder wie die guten Gefühle entstehen– Stefan Klein.*

19.09.06: Das Wochenende endet für mich an einem Mittwoch. Ich habe 63 Stunden bei einer Frau verbracht. Von Sonntag auf Montag habe ich davon 20 (!) Stunden am Stück durchgeschlafen – zu zweit in einem 110 Zentimeter schmalen Bett. Die übrige Zeit gab es *James Bond* auf DVD zu sehen und als einzige Mahlzeit einen Teller Spaghetti ohne Sauce.

Nachdem ich ihre Wohnung verlassen habe, bin ich verliebt, trotz der Gewissheit, dass sie mich wohl niemals heiraten wird. Zwischen Scheibenwischer und Windschutzscheibe meines Pkw klemmt ein Knöllchen: 25 €. Eine

Summe, die ich als Preis für die vergangenen zweieinhalb Tage gerne bereit bin zu zahlen.

Zu Hause angekommen, nehme ich folgende E-Mail von meinem Freund Lohni-Boy zur Kenntnis:

„Laut deiner Familie bist du seit Samstag spurlos verschwunden, läufst immer noch in den selben Klamotten rum, und deine Kontaktlinsen dürften mittlerweile die Durchsicht von einer mit Fett beschmierten McDonalds-Fensterscheibe haben. Bevor die Polizei eingeschaltet wird, solltest du dich also besser mal mit deinen Eltern in Verbindung setzen. Die haben sich nämlich bereits über deinen Bruder bei uns informiert, ob wir etwas über deinen Verbleib wüssten. Aber da ich dich kenne, mache ich mir erst nach drei Tagen Abwesenheit sorgen (…)".

28.09.06: Urlaub auf Mallorca. Ich konnte die Leute, die ständig darum besorgt sind, dass sie vor Reisen irgendetwas Wichtiges zu Hause vergessen könnten, bisher nie verstehen. Diesmal wurde mir meine Unbekümmertheit jedoch zum Verhängnis. Am Abend stelle ich fest, dass meine Kontaktlinsen weder im Kulturbeutel noch im Koffer aufzufinden sind. Dumm gelaufen. Also Brille auf. Mein Freund Sven weist mich darauf hin, dass ich mit Brille so aussehen würde wie jemand, der noch nie im Leben gefickt hat.

19.10.06: Ich befinde mich auf einer kleinen Pferdefarm, mitten in der Pampa, an der Grenze zum Saarland. Ich bin auf der Walz und habe mir ein Feldbett aufgebaut. Als ich vorhin beim Dönermann war, kannte er alle seine Kunden beim Namen, bloß mich nicht. Während ich auf meine Pizza wartete, wurde ich aufgrund des Dorftratsches dann unfreiwillig darüber informiert, dass in der Nacht zuvor irgendjemand aus dem Nachbarort von einer 40 Meter hohen Brücke gesprungen sei und heute Morgen aufgespießt und halbiert auf einem Jägerzaun aufgefunden worden ist. Das fanden dann alle krass, aber auch geil. Es ist wohl schon länger niemand mehr von der Brücke gesprungen. Und einer der Anwesenden, ein Fettsack im Blaumann, meinte, dass er dort morgen direkt mal nachgucken müsse, da er an der besagten Stelle sowieso immer vorbei fahren würde.

21.10.06: Als ich im Morgengrauen besoffen durch die Straßen torkle, begegnet mir ein schwarzer Mann. Er mustert mich für einen kurzen Moment und erlaubt sich folgende Bemerkung: „Lass dir mehr Tattoos machen, dann kriegst du Fans!"

12.10.06: Donnerstagnacht. Besoffen. Eine neue Damenbekanntschaft. Nennen wir sie einfach mal Gertrud, denn ihren richtigen Namen habe ich mittlerweile verdrängt. Gertrud fragt: „Was hörst du für Musik?" Ich antworte: „Punk!" Sie rümpft die Nase. Ein erster Minuspunkt. Für sie. Daraufhin frage ich sie, welche Musik sie denn stattdessen bevorzugen würde? Völlig ungeniert antwortet Gertrud: „Emo und Metalcore." Vermutlich in dem Irrglauben, dass das Piercing in ihrer Wange und ihre großflächigen Tätowierungen im Alter von süßen 18 Jahren für ausreichend Coolness und Sex-Appeal sorgen würden, um einen solchen Musikgeschmack vor mir rechtfertigen zu können. Was sagte noch gleich *Roger Miret?* „Never trust a hardcore kid that has not listened to punk." Von diesem Moment an nehme ich Gertrud nicht mehr ernst. Dennoch versuche ich sie im weiteren Verlauf zu küssen. Daraufhin weicht sie aus, mit der Begründung, dass mein Kuss so überraschend kommen würde und sie total aufgeregt sei. Als im Club die Lampen erleuchten und die Musik verstummt, fragt Gertrud mich dann schließlich, nun zu meiner eigenen Überraschung, ob sie bei mir im Auto schlafen könne. Ich schmunzele heimlich hinter vorgehaltener Hand und willige ein.

Als wir gemeinsam in meinem Pkw sitzen, halte ich mich zurück und verfolge, mit der Müdigkeit ringend, ihre langweiligen Erzählungen von der flippigen WG, in die sie vor kurzem eingezogen sei. Obwohl ich mir mein Desinteresse nicht anmerken lasse, wird das junge Fräulein plötzlich und völlig unerwartet, von einem Moment auf den anderen, rotzfrech zu mir. Sie behauptet, dass sie sich an meiner Stelle töten würde, wenn sie als Kerl so klein geraten wäre, wie ich es sei. Außerdem sei ich dick und würde reden wie ein Frosch.

Bevor ich lachen kann, stockt mir für einen Moment der Atem. Danach überkommt mich ein Anflug von Ungläubigkeit, dass meine Ohren tatsächlich diese Worte aus Gertruds Mund vernommen haben wollen. Doch es sind wahrhaftig diese Worte und Gertruds Blick verrät mir, dass dahinter kein Späßchen oder sonst irgendein neck-

isches Spielchen stecken soll. Gertrud möchte ihre Grenzen austesten. Es ist eine Beleidigung. Gertrud möchte mich verdammt noch mal fertigmachen. Für einen Augenblick spiele ich mit dem Gedanken, sie aus dem Auto zu schmeißen. Dann beschließe ich jedoch erst einmal, selbst frische Luft zu schnappen, mit der Ankündigung, dass ich mal – im wahrsten Sinne des Wortes – für kleine Jungs müsse. Währendessen hoffe ich darauf, dass Gertrud von alleine bemerken wird, dass nun der passende Augenblick gekommen ist, die Party zu beenden und Leine zu ziehen. Doch als ich zurück zu meinem Auto komme, sitzt Gertrud immer noch drin. Na toll! Also steige ich wieder ein, um mich auf dem Fahrersitz in entgegengesetzter Richtung von ihr abzuwenden, und schlafe schließlich genervt und frustriert ein.

Im Verlauf des Morgens wache ich für einen kurzen Moment auf, als ich bemerke, dass Gertrud doch tatsächlich nach meiner Hand greift, um sie auf ihre Hüfte zu legen, und im jammerndem Ton vorgibt, dass ihr kalt sei. Infolgedessen lasse ich meine Hand circa dreißig Sekunden regungslos auf ihrem Körper liegen, um ein wenig Spannung aufzubauen. Im Anschluss daran ziehe ich sie wieder ignorant zurück. Als Gertrud mich daraufhin zornig einen Egoisten schimpft, lache ich bloß dreckig und schlafe weiter. Gegen Mittag fühle ich mich wieder soweit fahrtüchtig, um Gertrud an einen von ihr gewünschten Ort innerhalb der Stadt zu befördern und dort endlich loswerden zu können. Als Gertrud aussteigt, meint sie, dass sie es süß von mir fände, dass ich mir die Umstände gemacht hätte, sie noch durch die Gegend zu fahren, nachdem sie so ätzend zu mir gewesen sei. Zum Abschied hinterlässt sie mir ihre Handynummer und die Adresse von ihrem *MySpace*-Profil. Ihrem schlechten Gewissen verleiht sie Ausdruck durch die Worte: „Du brauchst dich nicht melden, wenn du nicht möchtest."

Am Abend werfe ich einen kurzen Blick auf Gertruds *MySpace*-Profil. Ich bekomme einen Brechreiz und beschließe, mich nie im Leben bei Gertrud zu melden.

Silvester feiere ich virtuell, Real Life ist sowieso scheiße

17.11.06: Ich hasse den Klettverschluss an meiner Lieblingshose. Da ich keine Brieftasche besitze, trage ich mein Geld immer in den Hosentaschen mit mir rum (kleine Randbemerkung: ich besitze auch keine Armbanduhr, na und?). Jedenfalls besitzt meine bequeme Lieblingshose im Schritt weder Knöpfe noch einen Reißverschluss, sondern sie wird stattdessen mittels Klettverschlusses oben an meiner Hüfte zusammengehalten. Da es sich um meine Lieblingshose handelt, wird dieser Klettverschluss seit nunmehr geraumer Zeit verstärkt beansprucht, sodass er inzwischen nicht mehr so gut hält wie in den Anfangstagen. Problematisch wird es dann, sobald ich etwas ruckartiger in meine Hosentaschen nach Geld greife. Dabei besteht stets die Gefahr, dass der Klettverschluss aufspringt und die Hose runterrutscht. Unangenehm wird eine solche Situation in der Öffentlichkeit. Das erste Mal geschah mir dieses Malheur beim Dönermann. Er tat so, als hätte er es nicht bemerkt, nachdem die Hose wieder oben war. Heute ist es mir wieder passiert, abends beim Zigarettenziehen im Dorf. Ich greife etwas zu hastig nach Kleingeld in die rechte Hosentasche und … huch … ist die Hose unten. Zur selben Zeit nähern sich zwei ältere Damen, die gerade einen kleinen Yorkshire-Terrier Gassi führen. Als sie mich sehen, bleiben sie in circa sieben Meter Entfernung von mir auf der Stelle stehen, während ich gerade damit beschäftigt bin, in gebückter Position meine Hose in den Kniekehlen zu halten und dabei im selben Moment mein Zigarettengeld über den Boden rollt. Die Gesichtsausdrücke der Damen nehme ich bewusst nicht zur Kenntnis. Stattdessen habe ich meinen Blick verschämt nach unten gerichtet, auch deswegen, um die Spur meiner über den Bordstein rollenden Münzen verfolgen zu können. Nachdem ich das Kleingeld aufgesammelt habe und wieder vollständig bekleidet vor dem Zigarettenautomat stehe, kann ich die Damen mit ihrem Hündchen an der Leine aus inzwischen doppelter Entfernung beobachten. Im stark beschleunigten Schritttempo bewegen sie sich in dieselbe Richtung zurück, aus der sie zuvor gekommen sind.

02.12.06: Es gibt Tage, an denen wünscht man sich nichts sehnlicher, als in der gepflegten Nichtraucherwohnung einer attraktiven Frau aufzuwachen. Ein Gefühl, welches ich und mein damaliger Kollege AC Atom während der Chaostage 2000 in diesem einen Satz zusammengefasst auf den Punkt brachten. Diese Wunschvorstellung überkam uns im Verlauf eines Nachmittags am ersten Augustwochenende der Millenniums-Chaostage. Da uns die Chaostage für einen Moment zu langweilig erschienen, schlenderten wir zum Zeitvertreib völlig verdreckt, zugekifft und übermüdet durch das Rotlichtviertel von Hannover. Wir führten Diskussionen darüber, ob es erbärmlich sei, sich den Chaostagen einfach weiterhin abzuwenden und stattdessen eine Videokabine zu besuchen. Wir schlugen uns diese Idee allerdings aus dem Kopf. Kurz darauf überkam uns das Bedürfnis nach einer Dusche, frisch geputzten Zähnen, einer Entschlackungskur und dieser imaginären Frau in ihrer sterilen Nichtraucherwohnung. Seit damals verspüre ich diese Sehnsucht immer wieder aufs Neue. Vor allem an Tagen wie heute. Ich wache nach einem Konzert und durchzechter Nacht vormittags um 11:30 Uhr in Saarbrücken in meinem Auto auf. Bevor ich mich zum Schlafen ins Auto gelegt hatte, drohte mir ein Zuhälter mit Schlägen und beschimpfte mich als „Arsch“ (wie unoriginell), nachdem ich beim Vorbeigehen eines seiner Mädels am Eingang eines Vergnügungsetablissements um Feuer gebeten hatte. Erfreulicherweise konnte ich den rüden Klischee-Schnauzbartproleten mit Hilfe meines sozialkompetenten Charmes besänftigen. Wäre ich so groß und stark, wie ich es gerne sein würde, hätte ich ihn k.o. gehauen, seinen Laden geräumt und anschließend abgefackelt. Aber ehrlich gesagt, konnte ich ihn im selben Moment gar nicht so wirklich ernst nehmen – er erschien mir zu ungefährlich und ich war müde.

Nun sitze ich in meinem Auto und es riecht nach Kotze, obwohl ich nicht gekotzt habe. Mein Autoradio ist defekt. Mir ist schwindelig. Vor mir liegen zweieinhalb Stunden Fahrt in Richtung Heimat. Schöne Frau mit der Nichtraucherwohnung, wo bist du?!

15.12.06: Ich hasse *Bloc Party*. Ich hasse diesen einen, bis vor einigen Monaten allgegenwärtigen „Hit“, von dem in den vergangenen ein bis zwei Jahren vermutlich kein Club auf dieser Welt verschont blieb. Ich weiß nicht, wie dieser Song heißt, und ich will es auch nicht wissen. Jedenfalls dachte ich, die Zeit des Grauens wäre überstanden, doch heute musste ich ihn wieder hören. Ich kann es nicht in Worte fassen, welche Gefühle dieser Song in mir auslöst. Zu Zeiten, als ich noch mit Rebecca liiert gewesen bin, versuchte sie mich immer wieder mit diesem Song zu provozieren. Sie mochte *Bloc Party* und sie mochte diesen Song. Alleine diese Tatsache half mir unsere Trennung zu verarbeiten. Und immer, wenn sie diesen Song zu Hause laufen ließ, zog ich mich aus und joggte dazu nackt auf der Stelle. Durch dieses Verhalten versuchte ich ihr meine Geringschätzung, um es milde auszudrücken, gegenüber diesem Song zum Ausdruck zu bringen.

Ich habe von einem Weltrekord gehört, bei dem ein Kerl stundenlang in einem Raum eingesperrt war und währenddessen pausenlos mit *We built this city on rock'n'roll* von *Jefferson Starship* beschallt wurde. Versucht das gleiche Experiment mit mir und diesem *Bloc-Party*-Song. Danach würden bei mir selbst Tabletten nicht mehr helfen.

16.12.06: Werbeclips für Telefonsex und Handyklingeltöne können mich nicht mehr aus der Reserve locken. Ebenso wenig diese Telefongewinnspielsendungen – sie prallen an mir ab. Computeranimierte Weihnachtsmänner, die mit ihrer Computerstimme SMS-Mitteilungen im TV vortragen, berühren mich nur noch in sentimentalen Momenten. Wogegen ich mich zurzeit jedoch nicht mehr zu wehren weiß, sind diese Tarotkartenleger/innen im Nacht-

programm. Aufgrund von peinlicher Berührung und Zweifeln an dieser Welt und ihrer Menschheit, bin ich beinahe schon fasziniert und es gelingt mir einfach nicht wegzuschalten. Ich sitze jedes Mal wie erstarrt vor der Flimmerkiste und bekomme den Mund nicht mehr geschlossen. Vermutlich sabbere ich dabei sogar. Meine persönliche Favoritin ist übrigens die abgehalfterte, langhaarige Blondine nachts auf *Sat.1.* Ich glaube, sie heißt sogar Angelika. Ich bin immer wieder aufs Neue davon beeindruckt, wie gemütsarm und mimiklos sie ihren Job im Akkord erledigt, so als würde jemand automatisierte Handgriffe am Fließband durchführen. Jeder Anrufer darf eine Frage stellen. Zum Beispiel: „Wie steht es um meine Ehe?" Die Karten werden gemischt. Der Anrufer sagt „Stopp." Die Karten werden gelegt und es folgt prompt die Antwort. Zum Beispiel: „Ich sehe, dass es in Ihrer Ehe in letzter Zeit sehr gekriselt hat. Es sieht schlecht aus. Meine Karten sagen mir, dass Ihr Partner eine Affäre nebenher laufen haben muss. Ich fürchte, die Ehe werden Sie nicht wieder in den Griff bekommen." Anschließendes Schulterzucken und ein trockenes „Tut mir Leid." Pokerface oder besser gesagt Tarotkartenface aufbehalten. Professionelle Distanz bewahren. Rückfragen sind nicht gestattet. Jammern wird nicht geduldet. Und der Nächste bitte.

Ich bin mir sicher, würde ich dort eines Tages anrufen, Tarotkarten-Angelika wäre auf der Stelle in mich verliebt und ihre starre Gesichtsmimik würde ein Lächeln hervorbringen. Anschließend würden wir uns dann privat treffen. Bald daraufhin heiraten. Unmittelbar danach würde ich ihr fremdgehen. Sie würde sich selbst die Karten legen, es jedoch nicht bemerken, bis ich sie dann irgendwann abblitzen lasse. Infolgedessen könnte sie ihre Sendung nicht mehr fortführen, da sie stattdessen nachts heimlich in ihr Kissen heulen würde.

17.12.06: Ich neige dazu, eine gegenwärtige Geräuschkulisse aus der Realität beim Schlafen zeitgleich in meine Träume einzubinden. In der Nacht habe ich folgenden Traum: Ich bin im Urlaub. Die Sonne scheint. Ich fühle mich wohl. Ich spaziere an einer friedlichen Strandpromenade entlang. Plötzlich begegnen mir einige schrille Südländer und springen aggressiv gut gelaunt um mich herum. Sie haben einen Ghettoblaster dabei. Es läuft *Bloc Party*! Ich fasse es nicht! Ich bemerke, wie sich meine Stimmung sowie auch die Stimmung der Südländer zunehmend verschlechtert. Sie wollen mich provozieren und zum Kampf herausfordern. Entgegen der Realität fühle ich mich sofort ungewöhnlich selbstsicher und bin bereit jedem Einzelnen von ihnen die Fresse einzuschlagen. Nachdem ich zum ersten Schlag aushole, wache ich kurz darauf durch einen lauten Fausthieb gegen mein Metallnachtschränkchen erschrocken in meinem Bettchen auf. Mein T-Shirt ist nass geschwitzt. Im Hintergrund läuft gerade *Bloc Party* über *iTunes* auf meinem Rechner. Arrrgh!

25.12.06: Um 13:00 Uhr mittags weckt mich die Polizei in meinem Auto auf. 1,56 Promille. Eine kalte Nacht liegt hinter mir. Meine Mami sagte mir, ich solle mir eine Winterjacke kaufen. Ich habe nicht auf sie gehört. Die Polizei nimmt mir präventiv den Pkw-Schlüssel ab. „Verhinderung von Trunkenheitsfahrt“ steht als Anlass dafür im Sicherstellungsprotokoll. Mein Papi holt mich ab. Verwandtschaftstreffen bei Omi steht an. Frohe Weihnachten!

26.12.06: Das Verwandtschaftstreffen habe ich gut überstanden. Ich habe den Eindruck eines zivilisierten jungen Mannes mit Erfolgsaussichten hinterlassen. Von *Madame Unbekannt* habe ich einen Terminplaner geschenkt bekommen. Abends geht's auf eine Karaoke-Party. Diesmal keine Nacht im Auto, sondern es geht ausnahmsweise mal mit einem Taxi heim. 34 €! Das war das letzte Mal.

31.12.06: Vergangenes Silvester habe ich in einem Fünf-Sterne-Hotel verbracht. Diesmal werde ich den Countdown zum Jahreswechsel in einem Chat-Room runterzählen.

Weder GG Allin noch Sid Vicious wollen meine MySpace-Freunde sein

Aber das ist eine andere Geschichte. Heute dreht sich mal wieder alles bloß ums Saufen und Ficken.

Hatte ich folgenden Missstand eigentlich bereits angeprangert? Frauen nutzen mein gutmütiges, sensibles Wesen schamlos aus. Sie trampeln auf meinen Gefühlen herum und machen aus mir einen gebrochenen Mann. Eine Runde Mitleid bitte. Danke. Die folgerichtige Weiterentwicklung wird mich aus dem Elend aller Luxusprobleme zu einem verbitterten, zynischen Arschloch aufsteigen lassen. Eines Tages werde ich so sein, wie es einst mein Deutschlehrer aus Realschulzeiten gewesen ist: Nachdem sich seine Frau von ihm scheiden ließ, fand er seine Berufung letztendlich darin, Fünftklässler für den dritten Weltkrieg begeistern zu wollen. Dieses Unterfangen begünstigte er, indem er seinen Schülern kleine Modellpanzer zu Nikolaus schenkte. Und zwar ausschließlich den Jungen – die Mädchen gingen dabei leer aus.

Januar 2007: Mal wieder führt es mich in die Hauptstadt. Der Grund: eine Geschäftsreise.

Doch spätestens am dritten Tage meines Aufenthaltes scheine ich die vornehmliche Intention für diesen Ausflug, aus den Augen verloren und letzten Endes gänzlich zweckentfremdet zu haben. Donnerstagabends checke ich zusammen mit meinen beiden Geschäftpartnern in einem Hotel ein und sonntagnachmittags wache ich um 17:00 Uhr in einer fremden Wohnung innerhalb einer Kreuzberger No-Go-Area auf – noch besoffen und mit runtergelassener Unterhose. Es tut mir Leid, aber ich bin unverbesserlich.

In der Nacht zuvor führe ich anregende Konversationen mit einer Kunsttherapeutin im Rockabilly-Outfit, einer Skateboard fahrenden Biologin, einer Übergewichtigen mit Liebeskummer, einer Sozialarbeiterin mit Modelausstrahlung und einem nicht minder attraktiven Mädchen, das als Schlagzeugerin für das weibliche Pendant zu den *Killerpilzen* im TV auftritt. Das Rockabilly-Girl wendet sich von mir ab, nachdem ich ihr durch die Blume zu verstehen gegeben habe, dass ich mir an ihrer Stelle Eightball, Flammen und Würfel mit *Black-Flag*-Balken übertätowieren lassen würde. Die Biologin hingegen scheint meinem schonungslosen Charme unerwartet lange Stand halten zu können. Doch als sie dann irgendwann Getränke für uns holen will, erlaube ich mir die Unverschämtheit, ihr lediglich exakt den Betrag für mein eigenes Getränk mit auf den Weg zu geben. Ein unverzeihliches Missgeschick in Sachen Etikette, welches sie mir nicht ungestraft durchgehen lässt. Wer so ehrlich ist und sich vor einer Frau erdreistet, nicht affektiert den Gentleman zu mimen, muss eben auch einstecken können. Daraufhin folgt von ihr die anfeindende Äußerung: „Was soll diese Tätowierung denn überhaupt darstellen? Sieht aus wie eine Vogelscheuche." Im selben Moment glaube ich an ein Rachekomplott im Auftrag ihrer vorangegangen Mitbewerberin, dem Rockabilly-Girl.

Jedoch bin ich bemüht meine Schlagfertigkeit bedeckt zu halten und mich bei ihr nicht noch unbeliebter zu machen. Ebenso gezügelt verhalte ich mich gegenüber ihrem perfiden Grinsen, mit dem sie von nun an abfällig auf mich herabschaut, als wolle sie mir telepathisch mitteilen: „Ich steige zwar gerne mit dir in die Kiste, aber du wirst es noch in derselben Nacht bereuen, kleiner Mann."

Vermutlich fühlt sie sich von meiner Nachgiebigkeit so sehr provoziert, dass sie mich irgendwann ebenso plötzlich wie ruckartig an ihren Körper zieht, sich mit mir 180 Grad

um die eigene Achse dreht, um mich infolgedessen auf die Tanzfläche zu schubsen. Anschließend springt sie hinterher, schleudert mich übers Parkett und rempelt mich wiederholt an. Sie möchte ein Machtspielchen forcieren und es nun auch physisch austragen. Na gut, warum nicht? Ich bin ja schließlich für jeden Spaß zu haben, also lass uns zu *Franz Ferdinand* Pogo tanzen – und danach hüpfen wir weiter zu dir nach Hause ins Bettchen. Die Nacht ist ja noch jung.

Doch soweit kommt es nicht. Eine andere, attraktivere und aus der Ferne viel angenehmer erscheinende Dame winkt mich zu sich. Es ist die Sozialpädagogin mit Modelausstrahlung, die mich kurz darauf mit ihrer Freundin bekannt macht, der ebenso unfassbar gut aussehenden Schlagzeugerin einer Girlband, die im Fernsehen auftritt. Letztere lässt mich wissen, dass sie mich süß findet, und sammelt mit ihrem grazilen und zugleich sanftmütigen Auftreten auch weiterhin zahlreiche Sympathiepunkte.

Volltreffer.

Ich habe meine Traumfrau gefunden.

Somit also Pech für die herrische Biologin. Wenige Minuten später wünscht jene mir lediglich noch viel Spaß, bevor sie sich auf nie mehr Wiedersehen verabschiedet. Danke, den Spaß werde ich haben.

Doch zu früh gefreut, denn – vermutlich zu Recht – straft mich das Schicksal bald darauf erneut. Nach einem kurzen Plausch wendet sich meine Traumfrau wieder von mir ab und stattdessen einem anderen Kerl zu. Ihre Vermittlerin, die Sozialpädagogin, hat den Laden ebenfalls mittlerweile verlassen. Schade.

Vermutlich wäre es das Vernünftigste gewesen, wenn ich im weiteren Verlauf die hässliche Frau mit gutem Charakter, die Übergewichtige mit Liebeskummer, nach Hause begleitet hätte, doch taucht zu späterer Stunde unverhofft meine Traumfrau wieder auf. Und ich bringe es nicht übers Herz sie mit Ignoranz zu strafen, geschweige denn mich ihren Reizen freiwillig zu entziehen. Von diesem Moment an geht dann auch alles ganz schnell: Wir trinken hundert Schnäpse, ich verliebe mich, wir knutschen rum, sie bezahlt die Rechnung und nimmt mich mit zu sich nach Hause. Dort angekommen geht es nach einem Schlummertrunk gemeinsam ins Bett. Doch es läuft nix. Sie vertröstet mich auf den nächsten Tag mit der Information, dass sie inzwischen zu keinerlei Aktivitäten mehr im Stande sei. Na klasse! Morgen kennen wir uns nicht mehr. Nachdem mir dann irgendwann auch ihre Atmung – die eher entspannt gleichmäßig, anstatt unregelmäßig erregt klingt – signalisiert hat, dass es hier heute tatsächlich nichts mehr zu holen gibt, unterlasse ich jegliche weiteren Bemühungen und enthalte mich ihr gegenüber.

Und nun folgt die peinliche Stelle dieser Geschichte: Während sie inzwischen die Tiefschlafphase erreicht zu haben scheint, komme ich nicht zur Ruhe. Selten reagiere ich derart triebgesteuert, doch an diesem Morgen sehe ich keinen anderen Ausweg mehr, der mir im Ansatz legitim erscheint. Also bewege ich mich in ihr Badezimmer und entledige mich meiner Not. Trotz der Befürchtung, dass sie jederzeit hereinplatzen könnte, da sich die saloonähnliche Schwingtür zum Bad nicht verschließen lässt, gelingt es mir, die Angelegenheit möglichst zügig hinter mich zu bringen. Anschließend lege ich mich halbnackt zurück zu ihr ins Bett und schlafe erleichtert ein. Etwa zur selben Zeit halten meine Geschäftspartner Herr Thome und Herr Mießbach bereits die Stellung an unserem gemeinsamen Messestand, an einem anderen Ort der Stadt, der ursprünglich mal als Beweggrund für diese Reise diente. Ich bekomme Gewissensbisse.

Nachmittags um 17:00 Uhr wache ich auf, verabschiede mich bei meiner Traumfrau und stolpere raus auf die Straße, torkle durch den Regen, sammle dabei weitere Eindrücke von Berlin-Kreuzberg und durchquere dabei vermutlich auch *Sidos* Block. Ich halte Ausschau nach einem Taxi. Der Taxifahrer bietet mir einen angerauchten Joint an (den lehne ich ab) und stellt mir fürs Finanzamt eine Rechnung in Höhe von 28 € aus, obwohl ich für die Fahrt nur 5 € zahle (diese nehme ich an).

Einen Tag später bin ich wieder zurück im trauten Heim. Ich besuche das *MySpace*-Profil meiner Traumfrau und finde Videos von ihren TV-Auftritten bei *The Dome*, *Top Of The Pops*, *Kika*, und *Viva*. Ich adde sie als *MySpace*-Freundin, sie akzeptiert meine Anfrage.

Von fünf Nachrichten, die ich ihr schreibe, antwortet sie kurz angebunden auf eine. Ich sehe mir nochmals den Videoclip ihrer Band an. Dabei lausche ich dem Text des Liedes, welches folgenden Refrain beinhaltet:

„Das ist mir scheißegal, wen du heimlich küsst. Scheißegal, ob du mich verlässt. Du bist doch nur ein Ersatzstatist, ein langweiliger Loser, den man gern vergisst. Scheißegal, wer du

wirklich bist, scheißegal, ob du dich verpisst. Hey, prinzipiell sind Jungs zwar echt phänomenal, nur du hast leider Pech und bist mir scheißegal!"

Wenige Tage später hat mich das Drummer-Girl von ihrer *MySpace*-Freundesliste verbannt. Nennt man das alles vielleicht Ironie des Schicksals?

Wie dem auch sei, sollte ich meine Traumfrau zukünftig im TV sehen, werde ich mich wohl oder übel jedes Mal an den Moment zurückerinnern, als ich mir in ihrem Badezimmer heimlich einen runtergeholt habe.

Ein bekotztes Feinrippunterhemd ist der Dresscode zu meinem Lebensgefühl

Sommer 2007: Wieder einmal hat mich Amor von Wolke Sieben zurück in die Hölle gestoßen. Aber was soll's? Mir bleibt ja immer noch der Suff.

Rastlosigkeit versus Sesshaftigkeit. Das Leben bleibt gefährlich. Das Leben bleibt ein ewiger Spannungszustand. Und Gott ist ein Arschloch. Gut so.

Eine Packung Haar-Aktiv-Kapseln und eine Packung Johanniskraut-Dragees müssen ausreichen, um all meinen Wehwehchen entgegenzuwirken. Ich bin schließlich ein Mann.

Mannsein bedeutet: Gefühls- und Gedankenchaos zu entwirren und in Schubladen einzusortieren. Das dicke Fell wieder aus dem Schrank zu holen, das man(n) zuvor abgelegt hatte, um der vermeintlichen Frau seiner Sehnsüchte nah sein zu können beziehungsweise um Einfühlungsvermögen zeigen zu können beziehungsweise um zumindest annähernd den sensiblen Frauenversteher mimen zu können.

Solche Bemühungen basieren jedoch auf einem Trugschluss und Fehlinformationen, die im Verlauf der Emanzipation der Frau an die Männerwelt herangetragen wurden. Zumindest ist dies eine stimmungsgetriebene These, deren Wahrheitsgehalt ich momentan nicht gewillt bin weiter zu überprüfen.

Sobald ein Mann sich verliebt, verweichlicht er und verliert seine Attraktivität gegenüber einer Frau. In einem solchen Zustand wirkt ein Mann weder interessant noch begehrenswert. Und vor allem schon mal gar nicht stark genug, um Mammuts zu jagen, erlegen und als Delikatesse mit nach Hause bringen zu können.

Ein Mann, der verliebt ist, wirkt wie eine gefühlsduselige Boulevard-Talkshow-Schwuchtel im Mittagsprogramm privater TV-Sender, die in aller Öffentlichkeit Tränen zeigt. Man möge mir letzteren Kraftausdruck nun bitte nicht als Homophobie auslegen. Von einer solchen Titulierung möchte ich mich vehement freisprechen. Auch aus jenem Grund, dass ich zu solchen Überlegungen überhaupt erst dadurch angeregt wurde, nachdem Frau an mir weibliches Denken und Handeln zu analysieren vermochte.

So etwas lasse ich als echter Mann selbstverständlich nicht auf mir sitzen, denn bevor ich mich der Metrosexualität zuordnen lasse, suche ich lieber Trost bei Manfred und Gerd an der Theke. Ein echter Mann der alten Schule weint nämlich nicht, ein echter Mann der alten Schule verbittert höchstens, oder findet Mut im Durchhaltepathos, nachdem er enttäuscht wurde. Oder er wird zynisch gegenüber der gesamten ungerechten, bösen Welt um sich herum. In all diesen Fällen spricht man auch von Trotzreaktionen.

Im Klartext: Mannsein bedeutet sich selbst Männlichkeit zu suggerieren. Ein Mann darf sich also ruhigen Gewissens etwas in die eigene Tasche lügen. Er muss es sogar.

Wenn ich mich recht erinnere, weinte aber selbst *Rambo* im ersten Teil seiner bisherigen Trilogie, nachdem er einen

Krieg geführt hatte, den niemand je begreifen sollte. Also selbst *Rambo* hatte Gefühle. Danach wurde er dann von Teil zu Teil kälter, muskulöser und dümmlicher. Denn nur so kann man richtig Krieg führen.

Frustrationstoleranz sollte jedenfalls trainiert sein. Ein frustrierter Mann sollte sich stets die Frage stellen, ob er einen Therapeuten aufsuchen sollte oder besser doch gleich einen Anwalt. Ich persönlich könnte beides ganz gut vertragen.

Einerseits würde ich nun gerne im Raucherraum eines Irrenhauses sitzen, um mich dabei im Selbstmitleid zu suhlen, denn das hat Atmosphäre. Ich bin nicht der Typ, der traurige Musik zum Ausleben seines Weltschmerzgefühls braucht. Ein paar Kippen inmitten des geborgenen Umfeldes gepeinigter Seelen reichen völlig aus, um zu merken, dass das Leben weitaus finstere Momente als einen Besuch im *Disneyland* und coole Drogenpartys im Hundertmorgenwald bei *Winnie the Pooh* zu bieten hat.

Zur Gefahr der Bevölkerung befinde ich mich allerdings weder in *Disneyland* noch im Raucherraum einer Psychiatrie und auch nicht im Hundertmorgenwald, sondern ich laufe immer noch frei herum.

„Da draußen laufen eine Menge Psychopathen rum!“

Das sagte bereits vor Jahren der Vater eines früheren Freundes zu seinem Sohn – und zwar in meinem Beisein. Die Eltern meines Freundes waren übrigens geschieden. Vielleicht sollte ich aber auch erwähnen, dass es derselbe Vater war, der seinem Sohn bereits im Kindesalter den lieben Gott höchstpersönlich vorgestellt hatte. Und zwar in

der Gestalt einer blinden, alten Frau, die in einer abgelegenen Hütte irgendwo in Bulgarien lebte.
Ja, die Welt ist verkommen. Da gebe ich dem Vater meines alten Freundes Recht. Diese Erkenntnis stellt sich wohl insbesondere auch in Situationen ein, in denen man(n) verlassen wurde, anschließend aufgrund von Einsamkeit und Selbstmitleid verbittert und letzten Endes Trost beim lieben Gott sucht – noch dazu in der Gestalt einer blinden, alten Frau, die in einer Holzhütte irgendwo in der bulgarischen Pampa sitzt!

Ebenso nah beim Thema Frustbewältigung könnte einem Mann aber auch folgender Gedanke liegen: Ein Klassenkamerad aus Realschulzeiten sagte einmal: „Notfalls kann man sich auch immer noch ein Loch ins Knie bohren und Quecksilber reinschütten."

Diese Aussage machte er in der sechsten Klasse gegenüber unserem Religionslehrer. Und zwar als Trotzreaktion darauf, dass ihm besagter Lehrer die Erfüllung seines Lebensglückes streitig machen wollte, sofern er seinem ganz persönlichen Traumberuf nachgehen würde. Mein Klassenkamerad wollte einfach bloß Fernfahrer werden und nichts anderes. Ich hoffe, er hat sich nicht entmutigen lassen und ist inzwischen Brummifahrer geworden, anstatt sich ein altes Fieberthermometer ins Knie zu rammen.

Unser Religionslehrer dürfte hingegen inzwischen an Lungenkrebs verstorben sein. Er war übrigens der einzige Lehrer, den ich kannte, der sich das Privileg einräumte, während des Unterrichts das Fenster zu öffnen, um gemütlich eine zu qualmen, während wir Stillarbeit beim Bibellesen angewiesen bekamen. Ich glaube, auch er war geschieden. Oder zumindest war die Ehe im Arsch. Sein Gesicht war jedenfalls ausdruckslos. Doch wer braucht schon eine glückliche Ehe, wenn er an Gott glaubt und seine Nerven mit Nikotin beruhigen kann?

Ich persönlich glaube nicht an Gott. Vielleicht manchmal, je nach Lust und Laune. Aber ganz so einfach mache ich es mir dann doch nicht. Davon abgesehen rauche allerdings auch ich immer noch viel zu viele Zigaretten. Gerne auch in den Raucherräumen von Klapsmühlen. Doch wenn morgen in der Tagesschau bekannt gegeben würde, dass Gott tatsächlich in Gestalt einer blinden Oma irgendwo in einer Holzhütte entdeckt worden wäre, so würde ich aufgrund des besonderen Anlasses das Rauchen sofort einstellen und stattdessen ein Attentat auf die gehässige Dame planen. Ich würde mich meiner Eigenverantwortung entziehen und ganz einfach Gott für sämtliche Scheiße verantwortlich machen. Und zur Strafe würde ich ihr dann trotzig ein Fieberthermometer ins Knie rammen.

Bitte fragt nicht nach dem Sinn dieser Kolumne. Es handelt sich hierbei bloß um die zerfahrenen Gedanken eines verwirrten Mannes. Solltet ihr euch darüber hinaus grundsätzlich die Frage nach irgendeinem metaphysischen Sinn und Zweck im Leben stellen, dann fragt lieber bei eurem Religionslehrer nach, oder falls ihr Gott persönlich kennen solltet, dann fragt ihn, sie oder es – oder fragt die blinde Frau in der Hütte. Fragt die Väter eurer Freunde. Fragt Mitpatienten im Raucherraum der Psychiatrie. Fragt *Rambo.* Oder fragt *Winnie the Pooh.* Nachdem ihr euch dann die schönste Antwort ausgesucht habt, geht ihr bitte nach draußen und widmet euch dem Leben. Stellt von nun an auch bitte keine weiteren Fragen mehr. Vergesst alle Zweifel an euch selbst und um euch herum. Fragen und Zweifel halten bloß auf. Lauft einfach nackt durch die Straßen, lernt jemand Nettes kennen, verliebt euch, fliegt gemeinsam nach Las Vegas, heiratet, verbringt eine schöne Zeit miteinander, brecht euch gegenseitig die Herzen, lasst euch scheiden, fliegt alleine zurück nach Las Vegas, knackt den Jackpot und sauft euch tot. Stattdessen könnt ihr aber auch einfach Astronaut, Tiefseetaucher oder Angler werden. Oder Brummifahrer. Ganz wie ihr wollt. Doch versucht vor allem, stets gut dabei auszusehen und bewahrt Haltung.

Das Leben ist unkompliziert, wenn man es einfach mal ganz nüchtern betrachtet. Und noch unkomplizierter, wenn man es besoffen betrachtet.

Ich selbst werde mich von nun an jedenfalls der Revolution widmen, nachdem es bei mir mit dem Liebesleben nicht funktioniert hat. Ein guter Anwalt kann also nicht schaden.

Meine Männlichkeit werde ich mir jedenfalls so schnell nicht mehr in Frage stellen lassen. Aber zuvor besorge ich mir noch ein paar Dragees für Nerven und Haarwuchs beim Drogerie-Discounter um die Ecke.

Ich, Courtney Love und das Phänomen der Derealisation

Die Symptomatik der Derealisation macht sich als Entfremdungserleben in Form einer Veränderung der Wahrnehmung bemerkbar.

Der Betroffene empfindet dabei das Gefühl, sein Geist würde den eigenen Körper verlassen beziehungsweise er würde neben sich stehen beziehungsweise er würde irgendwo im Raum schweben und das momentane Geschehen von außen betrachten. Seine Umwelt erscheint unwirklich und künstlich. Ein in der Tat durchaus gruseliges Gefühl.

Auch wenn eine, nämlich meine psychologische Theorie besagt, dass ein solches Gefühl auf eine natürliche neurobiologische Schutzfunktion des Menschen zurückzuführen ist, sobald er erhöhtem Stress ausgesetzt wird.

Nehmen wir einmal zum Vergleich folgendes Beispiel: Sofern der natürliche Überlebensinstinkt eines Menschen nicht im Rahmen einer Militärausbildung deformiert wurde und auch keine genetisch bedingte Fehlschaltung seine Handlungsorientierung in Gefahrensituationen beeinträchtigt, so reagiert ein Mensch mit keinem geringeren Gefühl als Angst, sobald ein Monster vor ihm steht und ihn fressen will. Wenn das Monster groß ist, darüber hinaus auch noch sehr stark und gefährlich aussieht, so ist er instinktiv darum bemüht, jegliche weiterführende Konfrontation mit dem Monster zu vermeiden und stattdessen schleunigst die Flucht zu ergreifen.

Anders reagiert ein ängstlicher und zugleich pazifistischer Mensch jedoch, sofern er einer Konfrontation ausgeliefert ist, aus der es kein physisches Entkommen mehr gibt. Oder zum Beispiel auch in Situationen, denen er sich trotz Belastung stellen möchte, um sie infolgedessen durchzustehen. In solchen Fällen strebt nicht der Mensch als Ganzes die Flucht vom Ort der Monsterbegegnung an, sondern lediglich sein Geist. Schlampig formuliert könnte man hierbei auch zwischen einer physischen und psychischen Flucht unterscheiden.

Sobald der Geist mit einer gegenwärtigen Situation überfordert ist, entzieht er sich also den auf ihn einströmenden Reizen, die er zu filtrieren nicht im Stande ist und flieht ins Nirgendwo. Er lässt seinen Körper alleine zurück und setzt ihn somit nahezu schutzlos seinen augenblicklich unangenehmen Umständen aus. Dabei bleibt lediglich eine leere Hülle zurück, die nur noch dazu fähig ist, reflexartig und unkoordiniert zu reagieren.

Einer Biografie *Courtney Loves* habe ich entnommen, dass die Witwe *Kurt Cobains* jene neurobiologisch gesteuerte Wahrnehmungsentfremdung ebenfalls des Öfteren empfindet, insbesondere auch während Interviews. Ich denke, dass diese Tatsache einiges an ihrem Auftreten in der Öffentlichkeit erklärt.

Was mein eigenes Auftreten im Zustand einer Derealisation betrifft, möchte ich anhand einer kleinen Anekdote aus Jugendtagen veranschaulichen:

Ich erinnere mich nur äußerst ungern an ein Rendezvous im auslaufenden Teenageralter zurück, dem ich mich zu jener Zeit bereits im Vorfeld nicht gewachsen fühlte. Aufgrund von Schüchternheit verspürte ich eine latente Unzulänglichkeit gegenüber meiner selbstbewusst anmutenden Angebeteten, was mich im weiteren Verlauf nicht gerade ausgeglichen, geschweige denn souverän auftreten ließ.

Ein Versuch der Stärkung meines Selbstvertrauens mit Hilfe einer autosuggestiven Audio-CD, auf welcher eine unsympathische Altherrenstimme mit Schweizer Akzent in Endlosschleife die Worte „Ich bin präsent, gelassen, gut gelaunt und lebensfroh – ich gehe mit meinen Aufgaben spielerisch um" wiederholte, hatte leider nicht zum erhofften Erfolg geführt.

Demnach blieb ich während des Rendezvous also hilflos der Ausschüttung Schwindel erregender Stresshormone ausgeliefert. Mein Geist streikte und verließ seinen Körper. Die Reduktion meines Daseins auf Reflexreaktion und Unkoordiniertheit waren die unausweichliche Folge.

Während sich mein Geist schon längst abseits irgendeiner imaginären Glaskuppel in Sicherheit gebracht zu haben schien, um die Begebenheiten von außen zu beobachten, sendete er aus dieser Distanz zu seiner verbliebenen Resthülle am Orte des Geschehens die Mitteilung, dass es aufgrund von Höflichkeitsetikette an der Zeit wäre, dem gegenübersitzenden Fräulein – nennen wir sie ganz einfach mal Waltraud – ein Glas Kapitalistenbrause aus der Plastikflasche nachzuschenken.

Aufgrund eines Funkloches zwischen Geist und Körper kam es schließlich zu dem Ereignis, dass die Hand meiner leeren Resthülle zur noch vollen Flasche griff, um deren Inhalt letztendlich nicht von A nach B zu befördern, sondern stattdessen von A nach C.

Zur Erläuterung: A = Flasche, B = Glas der Angebeteten, C = Aschenbecher.

Vermutlich ist es eine Frage der Auslegung und des Wohlwollens gegenüber meiner Person, ob man in Anbetracht dieses Malheurs von einer nervösen Zerstreutheit oder einer buchstäblichen Wahrnehmungsentfremdung sprechen möchte.

Waltraud hatte für solche Unzuverlässigkeiten in der Logistik jedenfalls kein Verständnis. Nachdem ich bemüht war, mein Missgeschick während dieser raumzeitlichen Gütertransformation vor ihr aufzuklären, bezeichnete Waltraud mich als einen Psycho. Außerdem gab sie an, dass sie *Courtney Love* ebenfalls zum Kotzen finden würde.

A
B
C

Heute New York, morgen Weltherrschaft, übermorgen Salzstangen und Rotwein

Nach einem besinnlichen Abend mit Salzstangen und Rotwein wache ich auf der Couch meines Freundes Lohni-Boy auf.

Wir nutzen die Gunst der verkaterten Stunde und beschließen kurzerhand uns im nächstbesten Reisebüro die Weichen raus aus einer solch unerträglichen Harmonie zu stellen. Wir buchen zwei Flüge nach New York.

Einige Wochen später erreichen wir NYC und bekommen das, was uns Knabbergebäck und Rebensaft nicht bieten konnten. Sieben Tage lang reiten wir im Galopptempo über einen Hauptnerv dieses Planeten.

An die visuelle Reizüberflutung in Manhattan haben wir uns bereits nach wenigen Stunden gewöhnt. Ebenso an die dazugehörige Geräusch- und Geruchskulisse. Nach einigen Kilometern Ausritt fühlen wir uns im Zuge der zahlreichen Eindrücke durch nichts mehr irritiert, sondern lassen das gesamte Panorama wie einen flimmernden 24-Stunden-Film in 4D an uns vorbeiziehen und erfreuen uns daran.

Es gehört nun mal ins alltägliche Stadtbild von Manhattan, dass einem im Verlauf der nächsten 30 Sekunden ein Rastamann mit einem Grinsen, das so breit ist wie sein Baseballtrikot, und den Worten „Hey dude, check out my new album!" selbiges verkaufen will. Drei Meter von ihm entfernt liegt währenddessen eine alte Frau ohne Schuhe zusammengekrümmt am Straßenrand, um die gerade ein anderer Crazy Black Guy auf Disco-Rollschuhen seine Pirouetten dreht – samt Ghettoblaster auf einer Schulter seines zur Schau gestellten, nackten, stählernen Oberkörpers. Und im selben Augenblick kann man im Hintergrund bereits ein Schild mit der Aufschrift „Jesus is coming very soon!“ erspähen. Begleitet wird dieses Szenario von pausenlosen Sirenen- und Hupgeräuschen. Die Geruchsvielfalt der abgestandenen Luft reicht dabei von Autoabgasen, Müll und Fastfood bis hin zu Körperausdünstungen und -ausscheidungen jeglicher Art.

Und selbst in den ruhigsten Momenten, an den ruhigsten Plätzen dieser Stadt, hört man bei Nacht aus der Ferne immer noch von irgendwoher einen Presslufthammer rattern, während an einem anderem Ort vermutlich gerade die Grillen surren. Dennoch oder gerade deswegen hat die Stadt auch etwas Romantisches.

In diesem Sinne grenzt es auch schon beinahe an eine Halluzination, dass es mitten in diesem Getöse sogar Eichhörnchen zu entdecken gibt.

Doch spätestens nachdem uns die Leute aus dem Weg gehen, weil wir mit Bier samt Papiertütencover und Zigarette im Mundwinkel lässig durch die Straßen und Gassen traben, und wir selbst in Brooklyn, in der Nähe eines zwielichtigen Basketballspielfeldes, von niemandem auf die Fresse bekommen, verunsichert uns wirklich gar nichts mehr und wir fühlen uns als ein ebenso bedeutungsvoller wie bedeutungsloser Teil des Gesamten. Also galoppieren wir erhobenen Hauptes weiter den Broadway entlang – mit

dem Vorsatz, nichts auszulassen und alles mitzunehmen, was uns Sightseeing und Milieustudien innerhalb einer Woche bieten würden:

Mittels Selbstauslöser lassen wir uns während einer gemeinsamen Fellatio-Pose vor der Statue of Liberty fotografieren, bevor wir kurz darauf am selben Ort einen falschen Bombenalarm aufgrund eines liegengebliebenen Touri-Rucksackes miterleben dürfen.

Wir spucken am Morgen vom Empire State Building und pinkeln bei Nacht in den Central Park.

Im Wachsfigurenkabinett drücke ich *Woody Allen* einen Kuss auf die Stirn und fasse *Robert De Niro* in den Schritt.

In *Mr. Ripley's* Kuriositätenkabinett bekomme ich einen Nachbau der hässlichsten Frau der Welt zu sehen, außerdem Schrumpfköpfe, Folterinstrumente und eine ausgestopfte Anakonda, die einst einen vollständigen Alligator verspeist hatte.

Im Central Park besichtige ich dann auch die Statue von *Alice im Wunderland* – die mich persönlich mehr beeindruckt als die Freiheitsstatue. Darüber hinaus fahre ich mit einem Kinderkarussell und komme schließlich zu dem Vergnügen, das lebensgroße *Barbie*-Haus bei *Toys'R'Us* betreten zu dürfen.

In der Region der Lower East Side drückt mir ein Crack-Süchtiger einen sanften Kuss auf die Lippen – zum Dank dafür, dass ihm Lohni-Boy einen Dollar schenkt, bevor ich die beiden vor dem sagenumwobenen *Joe Strummer's Mirrow* fotografieren darf. Im Übrigen ist *Joe Strummer's Mirrow* nichts Spektakuläreres als ein Graffitiporträt von *Joe Strummer.* Dieses befindet sich an der Hauswand einer Bar, in der wir im Anschluss daran noch hundert Biere und fünfzig Schnäpse trinken, bevor wir schließlich in einem anderen Club landen und gemeinsam mit Japanern Rock'n'Roll tanzen.

In der *Manitobas*-Bar, welche dem Sänger der *Dictators* gehört, treffen wir dann zufälligerweise auf einen Irokesen-Punker aus Deutschland, den ich sogar tatsächlich vom Sehen her kenne. Die Welt ist bekanntlich ein Dorf (und ich habe sie im Griff). Danach flirte ich mit der blonden Bedienung hinter der Theke.

In Coney Island pennen wir besoffen am Strand ein und verpassen dabei neben den *Detroit Cobras* auch die *New York Dolls*, die gerade im Rahmen eines Festivals im

Hintergrund auf einer Bühne spielen – umgeben von einem riesigen Rummelplatz mit 80-Jahre-Charme.

Im Fahrstuhl zum Hotelzimmer grinst mir ein Latino-Girl lasziv zu, mit der Anmerkung, dass sie meinen Nasenring sexy finden würde. Am nächsten Tag kaufen Lohni-Boy und ich Potenzpillen an einem Kiosk.

Zwar schlafe ich in der darauf folgenden Nacht weder im Beisein des Latino-Girls noch in Anwesenheit des blonden Thekenpersonals aus der *Manitobas*-Bar ein, dafür aber mit einer Flasche Bier in der Hand. Am nächsten Morgen hege ich infolgedessen für einen Moment den Verdacht, dass ich ins Bett gepisst hätte. Eine Nacht später schlafe ich dann zur Abwechslung mit einer Zigarette ein, aber ich verbrenne nicht. Im weiteren Verlauf der Woche findet einen Steinwurf von unserem Hotel entfernt dann noch eine Gasleitungsexplosion statt. Doch auch diese überlebe ich.

Während unseres New-York-Aufenthaltes gewinne ich zunehmend den Eindruck, als habe ich die Stadt ebenso im Griff, wie sie einst der ehemalige amtierende Bürgermeister *Michael Bloomberg* in Griff hatte, der dort nachhaltig das Rauchverbot in allen Gastronomiebetrieben durchsetzte. Ich habe am Big Apple nicht bloß genascht, sondern ich habe ihn gefressen.

Wieder zu Hause angekommen, verflüchtigt sich mein Größenwahn jedoch ebenso schnell, wie ich mir jene Anmaßung an Souveränität innerhalb der sieben Tage zuvor suggeriert hatte.

Zuerst gibt mir ein Mädchen, in das ich mich bereits vor Antritt meiner Reise verliebt hatte, den Laufpass. Und das, obwohl ich mir zuvor sogar bereitwillig ihr Lieblingsmärchen vom *kleinen Prinzen* durchgelesen hatte, weil ich glaubte, ich könne sie damit beeindrucken und zugleich insgeheim ein Psychogramm ihrer Persönlichkeit erstellen. Dass ich damit keinen Erfolg haben würde, hätte mir bereits einleuchten sollen, als ich zur Kenntnis nahm, dass ihr Bruder Polizist ist und sie selbst beim Finanzamt arbeitet.

Im Anschluss daran reagiert eine Internet-Bekanntschaft nach unserem ersten gemeinsamen „non-virtuellen Real-Life-Date" nicht mehr auf meine E-Mails. Aus diesem Grund gehe ich davon aus, dass sie unser Treffen bei einem unverbindlichen One-Night-Stand belassen möchte, zumal sie sowieso einen Freund hat.

Kurz darauf lässt mich eine 49-Jährige abblitzen. Nachdem ich mir genug Mut angetrunken habe, um sie anzuquatschen, informiert sie mich darüber, dass ihr ältester Sohn zwei Jahr älter sei als ich. Diese Information ergänzt sie dann aber dennoch mit ihrer gesamten Autobiografie und vertraut mir ihre derzeitige Seelenverfassung an. Danach verabschiedet sie sich bei mir und torkelt in Richtung Parkhaus. Ich kann lediglich Vermutungen darüber anstellen, ob sie sich infolgedessen zum Schlafen in ihren Pkw legt oder unter Einfluss von zwei Promille noch nach Hause fährt.

Ein Wochenende zuvor fliege ich aus einer Techno-Disco raus, weil man mich für einen Drogendealer und -konsumenten hält. Aufgrund der Tatsache und dem damit einhergehenden Verdacht, dass ich mich zuvor drei Mal hintereinander zum Pissen in einer Kabine der Toilette einschließe.

Mein Rechtfertigungsversuch mit dem Geständnis, dass ich verklemmt sei und mich aufgrund der Befürchtung, dass jemand meinen kleinen Pipimann sehen könnte, eingeschlossen habe, führt jedoch nicht zu der erhofften Nachsicht.

Ebenso unnachsichtig zeigte man sich gegenüber meiner Ehrlichkeit damals auch in einer Schlager-Eckkneipe der Altstadt, in der ich bereits im Jahr 2003 ein Hausverbot ausgesprochen bekam, bloß weil ich die Toilettenkabine als Rückzugsort zum gelegentlichen Durchatmen genutzt hatte.

Nachdem ich die Techno-Disco verlassen habe, bin ich froh, dass man mir dort niemals wieder Einlass gewähren wird, und schlendere zum Bahnhof, um mit dem ersten Zug heimzufahren.

Am Bahnhof will mir eine Gruppe Emo-Kids dann nicht die Uhrzeit verraten und sie gucken mich im selben Moment so an, als sei meine gewöhnliche, schlichte Frage nach der Uhrzeit als Code oder Geheimsprache zu verstehen. Ganz so, als wolle ich ihnen in Wahrheit tatsächlich irgendwelche Drogen anbieten. Oder gar etwas Schlimmeres, wie zum Beispiel Geschlechtsverkehr gegen Bezahlung mit Geld oder Mentholzigaretten.

In diesem Zusammenhang erinnere ich mich immer wieder ungern an die Begebenheit zurück, als mich im Alter von 16 Jahren mal am selbigen Bahnhof ein circa 50-jähriger, ekelhafter, kleiner Fettsack mit Brille und Schweinefresse doch glatt für einen Strichjungen gehalten hatte und mit Mentholzigaretten in sein Auto locken wollte.

Ich glaube, ich werde mich in nächster Zeit zu Hause einschließen – brav Salzstangen knabbern, am Rotwein nippen und die Abende in Harmonie und Einklang mit mir selbst verbringen. Oder ich fliege zurück nach New York und beobachte Eichhörnchen.

Wer ficken will, darf keine Körbe flechten

Weihnachten 2007. Verwandtschaftstreffen bei Omi. Bei Kaffee und Kuchen sitze ich am Tisch der Familie. Ich habe drei Stunden Schlaf hinter mir und bin immer noch besoffen von der Nacht zuvor. Das Ambiente überfordert mich.

Ich verspüre keinerlei Mitteilungsbedürfnis. Jeglichen Restbestand an Informationen, die ich in diesem Jahr noch loswerden wollte, habe ich im Verlauf der vergangenen Nächte im Suff herausposaunt. Mein Pulver ist verschossen.

Gestern noch gewitzt, geistreich und schlagfertig unterwegs gewesen – heute bloß noch ein verstummtes, eingeschüchtertes Häufchen Elend, das seinem gegenwärtigen Umfeld gnadenlos ausgeliefert zu sein scheint.

Trotz meiner grundsätzlich vorhandenen Bereitwilligkeit und dem damit einhergehenden Wohlwollen gegenüber diesem alljährlich stattfindenden Kaffeekränzchen, erweise ich mich an diesem Nachmittag als auffallend reservierter Teilnehmer dieses Events.

Dem Aufrechterhalten von Konversationen auf nüchternem und ausgeschlafenem Niveau fühle ich mich heute nur sehr bedingt gewachsen. Auf Fragen reagiere ich stets sachlich und kurz angebunden. Sofern es die Fragestellung zulässt, offenbare ich lediglich ein schlichtes „Ja“ oder „Nein“ und belasse dies als Genugtuung. Daraufolgende Schweigemomente bewerte ich nicht als unbehaglich sondern als entspannend.

Aufgrund der Einsicht, dass ich im Rahmen dieser Veranstaltung auf kommunikativer Ebene nur das Mindestsoll erfüllen kann, um nicht gleich als autistisch eingestuft zu werden, esse ich ganz einfach ein Stück Kuchen nach dem anderen – auf nüchternen Magen.

Somit erwecke ich zumindest den Eindruck, dass ich im Geschehen involviert sei und den Sinn und Zweck einer solch hippen Fete zumindest halbwegs verstanden hätte.

Wenn ich den Mund schon nicht zum Reden aufkriege, dann eben wenigstens zum Kuchen essen.

Als man mich fragt, ob mir der Kuchen schmecken würde, bleibe ich meinem Leitkonzept „Antworten, aber nicht Rede stehen" treu und zeige mich mit einem freundlichen „Ja" erkenntlich. Im Zuge meines bisherigen Auftrittes hätte jedes ergänzende Wort für Verwirrung bei den Beteiligten gesorgt und wäre mir schlimmstenfalls als affektierte Höflichkeitsfloskel ausgelegt worden.

Also esse ich weiterhin Kuchen, Stück für Stück, versuche meinen Schwindel erregenden Kater – welcher dem Gefühl einer sich anbahnenden Panikattacke nahekommt – zu ignorieren und lausche halbaufmerksam mit einem Ohr den Gesprächen der Anwesenden, bis mir irgendwann schlecht ist.

Als ich meiner Oma dann schließlich einen Kuss zum Abschied gebe und mich bei ihr für die geile Party bedanke, streut sie zu guter Letzt noch einmal Salz in eine meiner alten Wunden.

Und zwar erwähnt sie das Seidentuch, das ich mit Anfang 20 für ein Mädchen bemalt hatte, in das ich sehr verliebt gewesen war. Meine Oma ist von diesem bemalten Seidentuch offensichtlich nachhaltig begeistert gewesen. Aus diesem Grund erwähnt sie es seit nunmehr sechs Jahren jedes Mal, wenn wir uns treffen.

Die Begeisterung des Mädchens, für das ich das Seidentuch angefertigt hatte, hielt sich jedoch in Grenzen. Das bedauert meine Oma noch heute.

Ich hatte dem Mädchen ihr Sternzeichen auf das Tuch gemalt. Was meine Oma jedoch vermutlich nicht weiß, ist, dass ich die Vorlage zu dem Sternzeichen nicht selbst entworfen hatte, sondern sie mir im Verlauf eines Psychiatrieaufenthaltes während der Ergotherapie aus einem Ordner mit Vorlagen aussuchen durfte.

Vermutlich schätzt mich meine Oma als so romantisch ein, dass sie dachte: „Der Junge ist an einem sonnigen Nachmittag zu einem Bastelladen gefahren und hat sich mal eben ein paar Seidenmalfarben, ein paar Seidentücher und dazu einen Spannrahmen gekauft, um seiner Liebsten eine Freude vorzubereiten."

Aber nein, der Junge saß im Irrenhaus und fertigte dieses wundervolle Tuch im Rahmen einer Therapiemaßnahme, die zur Beschäftigung dienen und zu möglichen Erfolgserlebnissen verhelfen sollte. Nachdem ich einen Korb geflochten, einen Aschenbecher aus Ton modelliert, an einem Speckstein gemeißelt und ein paar Bilder mit Window Color gestaltet hatte, war irgendwann eben auch mal die Seidenmalerei an der Reihe.

Doch ein Erfolgserlebnis, jenseits des Hochgefühls während meiner Schaffensperiode, konnte mir jenes – durchaus gelungene und in der Tat sehr schöne – Seidentuch leider nicht einbringen. Ich konnte bei meiner Angebeteten mit diesem Seidentuch nicht landen. Ganze sechs Wochen dauerte unsere Beziehung.

Was die Ausstrahlung des Mädchens anbelangt, so wirkte sie doch eher introvertiert (ähnlich wie auch ich zu jener Zeit, oder auch heute noch in bestimmten Situationen, wie zum Beispiel während eines apathisch gesoffenen Gemütszustandes auf einem weihnachtlichen Verwandtschaftstreffen bei Omi).

Nach außen hin erschien sie so süß, sensibel und unschuldig wie ein kleines Lämmlein.

Aus diesem Grund geriet ich auch überhaupt erst zu dem Trugschluss, dass ich mit meinem bemalten Seidentuch bei ihr etwas hätte reißen können. Und umso irritierter war ich dann auch, als sie eines Abends auf einer Party ebenso überraschend wie plötzlich zu mir meinte: „Komm, wir gehen lieber zu dir nach Hause und ficken!"

Eine solche Ansage gefiel mir selbstverständlich, auch wenn ich ihr derlei schamlose Anzüglichkeiten bis dato nicht zugetraut hatte. Wie zu erwarten, hätte ich sie von diesem Moment an am liebsten direkt geheiratet.

Ein paar Tage später wollte ich eine solch unverklemmte Aufforderung ihr gegenüber dann auch mal versuchen, weil ich dachte das Eis zwischen uns sei nun gebrochen. Also sagte ich in einem mir angemessen erscheinenden Moment: „Komm, lass uns ins Bett gehen und ficken!" Daraufhin kam von ihr bloß ein trockenes: „Nö, kein Bock."

Den darauffolgenden Schweigemoment bewertete ich als unbehaglich.

Kurze Zeit später beendete sie unsere fortwährende mangelnde Übereinkunft mit der Begründung, dass es sich bei ihr nur um eine vorübergehende Schwärmerei für mich gehandelt habe. Hmm … vermutlich die vorübergehende Schwärmerei für einen vermeintlich mysteriösen, schweigsamen Typen, der seine Rolle zwischen einfühlsamer Romantiker und „Komm, lass uns ficken!"-Draufgänger nicht distinguiert genug koordiniert bekommen hatte.

Ich hinterließ ihr das Seidentuch, das ich in der Klapsmühle für sie bemalt hatte, und darüber hinaus eine Geschenkschatulle – gefüllt mit vielen persönlichen, lieb gemeinten Kleinigkeiten, die ich in pinkfarbene Rosenblätter gebettet hatte.

Sie hinterließ mir ein Brandloch in der Pkw-Rückbank sowie einen Zigarettenstummel in einer halb leeren Bierdose, aus der ich anschließend noch trank.

Oma, sei nicht traurig drum. Die war es nun mal nicht wert.

Die Reise im Zug der Konfusion auf der Suche nach Mozarts 41. Sinfonie in C-Dur

Eines Nachts habe ich folgenden Traum: Zusammen mit meinem Freund Sven besuche ich eine mysteriöse, esoterisch anmutende Wunderheilerin.

Während sie mir zur Begrüßung die Hand reicht, verspüre ich ihre geradezu eindrucksvolle und zugleich verstörende Aura, die wie ein Stromstoß durch meinen gesamten Körper geleitet wird.

Im Anschluss daran führt sie uns zu einer Glasvitrine. Die Glasvitrine ist gefüllt mit zahlreichen Figuren verschiedener Gattungen. Darunter Action- und Comic-Helden sowie allerlei weiterer Plunder, durch welchen man sich an Setzkästen und Überraschungseier erinnert fühlt.

Die Wunderheilerin fordert uns auf, nach jeweils einer Figur innerhalb der Vitrine Ausschau zu halten, mit der wir uns persönlich am ehesten identifizieren wollen würden.

Die Entscheidung hierzu sollte unter Berücksichtigung der folgenden drei Fragen erfolgen:

Wo komme ich her? Wo gehe ich hin? Wer bin ich?

Mein Freund Sven tendiert spontan zu *Iceman*, entschließt sich letzten Endes aber doch lieber für den *unglaublichen Hulk.* Ich hingegen liebäugele einen Moment lang mit einem kleinen Pinguin aus Porzellan, fühle mich in Anbetracht der Auswahl jedoch verunsichert. Die Wunderheilerin versucht mich zu ermutigen und schlägt mir vor, ich solle den Pinguin doch einfach mal vorsichtig aus der Vitrine nehmen und ihn für eine Weile in den Händen halten, um beurteilen zu können, wie sich das anfühlt. Nachdem ich ihrem Vorschlag Folge geleistet habe, fühle ich mich noch willenloser und desorientierter als zuvor. Sie bemerkt meinen zunehmenden Wankelmut und nimmt mich an die Hand – wieder verspüre ich diese elektrisierende Wirkung ihrer Aura. Daraufhin setzt sie mir eine *Mozart*-Perücke auf und lässt mich einen Ausdruckstanz zu klassischer Musik aufführen. Nachdem ich, wie eine von Geisterhand gesteuerte Marionette, zu *Mozarts* Sinfonie Nr.41 in C-Dur mein Bestes gegeben habe, betrachtet es mein Unterbewusstsein vermutlich als eine Genugtuung oder vermeintlich bestandene Lektion und entlässt mich zurück in die Realität.

Februar 2008: Nach zwei Stunden Schlaf wache ich Sonntagvormittags gegen 10:30 Uhr irgendwo in Köln auf der Couch eines fremden Irakers auf.

Er kocht uns Rühreier und behauptet, dass er es seiner Freundin gönnen würde, wenn sie den Wunsch und Freude daran hätte, mit einem anderen Kerl, wie beispielsweise mit mir, ficken zu wollen. Zugegebenermaßen würde ihn diese Vorstellung sogar ein kleines bisschen antörnen.

Mehr benommen als verlegen weise ich ihn darauf hin, dass ich für 13:00 Uhr zum Geburtstag meiner Oma eingeladen sei. Infolgedessen bedanke ich mich für die Unterkunft zuzüglich Rühreier und verabschiede mich, um meine Heimreise anzutreten.

Mittels Straßenbahn gelange ich zum Kölner Hauptbahnhof – zu meiner eigenen Verwunderung erreiche ich diese erste Station ohne Umwege und Ausfallerscheinungen.

Am Hbf versuche ich mir einen Überblick über die Abfahrtszeiten zu verschaffen, doch die Buchstaben und Zahlen des Fahrplans tanzen mir vor der Nase herum und es gelingt mir nicht, sie zu fokussieren, geschweige denn sie zu einem wegweisenden Anagramm zusammenzuführen.

Wie von einer fremden Macht getrieben, bewege ich mich zu einem beliebigen Bahnsteig und steige völlig wahllos in einen der kommenden Züge ein.

Im weiteren Verlauf fahre ich dreimal in die falsche Richtung, steige mehrmals um, bis ich zwei Stunden später wieder an meiner Ausgangsposition angekommen bin.

Meine stetige Begleiterin an diesem Sonntag, namens „Die Befürchtung, dass ich zum Geburtstag meiner Oma nicht pünktlich erscheinen werde", hat allmählich einen Status der Resignation erlangt und ergibt sich einer fatalistischen Ruhe.

Bevor ich die Reise fortführe, beschließe ich mir zur Abwechslung den Erwerb einer Fahrkarte zu genehmigen.

Ich fühle mich wie ein Überlebender nach einer Schlacht, wie ein Psychosepatient, bei dem die Wirkung eines Nervendämpfungsmittels angeschlagen hat, als ich kurz darauf tatsächlich in einen Zug steige, dessen Abfahrt zweifellos in Richtung Heimat ausgeschildert ist. Allerdings erscheinen mir die ausschließlich komfortablen Ledersitzgelegenheiten dieser Eisenbahn weder in Relation zu meiner unglamourösen wie auch geistig minderbemittelten Erscheinung noch im Verhältnis zu meinem zweitklassischen *InterRegio*-Fahrschein vom Automaten zu stehen. Dennoch erbarmt sich die Schaffnerin und gestattet mir den Aufschlag für diesen *ICE* nachzuzahlen. Ich verspüre unendliche Erleichterung, lasse mich in einem der luxuriösen Ledersessel nieder, lehne mich zurück und falle in einen tiefen Schlaf der Selbstgerechten.

Eine ungefühlte Zeit später wird mein Gemütszustand sehnlichster Entspannung abrupt unterbrochen.

Die Schaffnerin weckt mich mit der Anordnung, dass mein Nickerchen an diesem Ort mit sofortiger Wirkung zu beenden sei und ich den Zug an der nächsten Station zu verlassen habe, denn hinsichtlich meiner Fahrkarte hätte ich bereits vor einer Stunde aussteigen müssen.

Es hat zwar eine Weile gedauert, doch allmählich erlangt das gesamte Szenarium an diesem Tag selbst für mich einen absurden Beigeschmack.

Es drängen sich mir die drei Fragen auf. Zentrale Fragen, denen man als Mensch in einer solchen Situation irgendwann nicht mehr entkommt, selbst dann nicht oder insbesondere dann nicht, wenn man sich seit seinem Startschuss unentwegt um keinerlei Orientierung bemüht hat: Wo komme ich her? Wo gehe ich hin? Wer bin ich?

Fragen, zu deren Beantwortung ich im Zuge meiner gegenwärtigen geistigen Verfassung weder im hypothetisch-philosophischen, noch im pragmatisch-empirischen Kontext befähigt bin. Liebe Wunderheilerin, nimm mich an die Hand, führe mich heraus aus dieser Sinnwidrigkeit und

bringe mich zum Licht. Wenn es dir beliebt, so nehme ich den kleinen Porzellan-Pinguin auch gerne als Krafttier an und tanze für dich mit Perücke sämtliche Sinfonien von *Mozart* rauf und runter. (Und ich werde mich davor hüten, zu fragen, was das alles soll.)

Nächster Halt, idyllischer Kurort. Ich steige aus dem Zug und verlasse das Gleis. Die Sonne scheint. Am liebsten würde ich hier auf ewig verweilen. Den Geburtstag meiner Oma habe ich längst versäumt. Ich rufe mir ein Taxi, lasse mich nach Hause fahren und bezahle dafür 110 €. Daheim angekommen bestatte ich mich im Bällchenbad und beschließe für einen unbestimmten Zeitraum begraben und unbeobachtet bleiben zu wollen.

Ich nehme mir vor, nach der Wunderheilerin in meinen Träumen zu suchen, ebenso wie nach mir selbst, und erst dann wieder aufzutauchen, wenn ich die besagten drei Fragen allesamt auf Abruf souverän und eloquent beantworten kann.

Und wie steht es währenddessen um die Orientierung der Menschen, die mit mir im selben Haus leben?

Ein junger Mieter, 19 Jahre, wohnt eine Etage unter mir und verprügelt seine 17-jährige Freundin mit der er ein gemeinsames Kind hat. Nachdem Polizei, Ordnungs- und Jugendamt bereits abermals im Haus gewesen sind, bekommt er eine Anti-Aggressions-Therapie auferlegt. Inzwischen herrscht Ruhe im zweiten Stockwerk. Jedoch aufgrund der Tatsache, dass die Wohnung kürzlich geräumt wurde, da der Bursche nach einem Raubüberfall mittlerweile in Untersuchungshaft sitzt.

In der Familie nebenan hat die Mutter ein sexuelles Verhältnis mit dem Freund ihrer 16-jährigen Tochter. Der Vater sieht das gar nicht gerne und scheint in derlei Angelegenheiten weniger Toleranz aufzuweisen, als der Iraker auf dessen Couch ich zuletzt aufgewacht bin. Aufgrund dessen hat er es dem Nachwuchskriminellen von untendrunter gleichgetan. Infolge einer einstweiligen Verfügung darf er sich seiner Gattin nun bis zu einem Abstand von 50 Metern nicht mehr nähern, während sie sich mit dem Freund der gemeinsamen Tochter vergnügt.

Davon abgesehen hausen Obdachlose in meinem Kellerbereich und klauen mir regelmäßig das Flaschenpfand, von dem ich inzwischen sicherlich für eine der nächsten 110 €-Taxifahrten hätte sparen können. Nichtsdestotrotz denke ich, dass ich auf dem hiesigen Abstellgleis für eine Weile ganz gut aufgehoben sein werde. Der kleine Porzellan-Pinguin ist mein Freund und wird mich behüten.

Gewichte stemmen und Nietzsche lesen

Der Tag, an dem ich beschließe, mich erstmals in eine Nervenheilanstalt einweisen zu lassen, ist kein günstiger. Die Atmosphäre innerhalb der geschlossenen Abteilung, in der ich auf einem Stuhl sitzend, dem Aufnahmegespräch bei der Stationsärztin entgegenfiebere, ist überspannt.

Die beklemmenden Vibrations vor Ort kommen meiner gegenwärtigen mentalen Verfassung nicht gerade zu Gute und der Anblick des Panoramas bestätigt alle Befürchtungen, die sich mir im Vorfeld meiner Kapitulation aufgedrängt haben:

Die Fensterscheiben zur Außenwelt sind von innen beschlagen. Mag sein, dass dahinter die Sonne scheint und im selben Moment irgendwo Menschen Grillpartys feiern, im Freibad ein Eis lutschen, auf grünen Wiesen picknicken, Gänseblümchen pflücken, Dosenbier saufen und kiffen, FKK baden, mit ihren Tattoos prahlen, sich gerade verlieben oder sich die Fresse einkloppen – hier drinnen interessiert das niemanden. Wer, wie ich, den Weg hierher gefunden hat, dem steht gerade mal ausnahmsweise nicht der Sinn danach. Weder für das eine noch für das andere.

Ich sitze auf meinem Stuhl und warte sehnsüchtig auf mein Rendezvous mit der Neurologin. Die Frau, die mich herzlich empfangen und auf den ersten Blick durchschauen wird, mit der Diagnose, dass in mir ein liebenswürdiger, netter, junger Mann steckt, der bloß eine Aneinanderreihung von schlechten Tagen hinter sich hat. Im Zuge dessen wird sie vom ersten Moment an um mein Wohlergehen bemüht sein und dafür sorgen, dass mir der Aufenthalt im Irrenhaus wie ein paradiesischer Ausflug ins Schlaraffenland vorkommt. Eindrucksvoller, abenteuerlicher und nachhaltig prägender als jede Grillparty, jedes Picknick, jedes Dosenbier, jede Haschischzigarette, jedes Gänseblümchen, jeder Rausch der Verliebtheit, jedes exhibitionistische Erlebnis und jede Schlägerei.

Doch da Seifenblasen bekanntlich nur im Sonnenlicht glitzern, welches hier aufgrund der beschlagenen Scheiben nicht durchdringt, gestatte ich mir einen nüchternen Verdacht auf Naivität gegenüber meiner Luftschlossarchitektur. Das übrige Ambiente bestärkt meinen Verdacht.

Im Hintergrund ertönt orientalische Musik aus dem Ghettoblaster einer türkischen Mitpatientin.

Hätte man mich im Vorhinein meines Check-Ins danach gefragt, welche Art von Soundtrack ich mir für meinen Aufenthalt im Wolkenkuckucksheim wünschen würde, hätte ich vermutlich kurz nachdenken müssen. Doch auf die Frage, wie ich mir einen geeigneten Soundtrack zur Klapsmühle vorstelle, wäre orientalische Musik als spontane Antwort sicherlich naheliegend gewesen.

Ich sitze immer noch auf meinem Stuhl, als sich Mrs. Disc Jockey der hiesigen Location bei mir vorstellt. Ihr wahnhaft anmutender, starrer, stechender Blick spiegelt das wider, was ich selbst empfinde. Trotz der Differenz hinsichtlich akuter musikalischer Vorlieben, fühle ich mich im selben Moment mit ihr verbunden.

Auch in Hinblick auf die Simplifizierung, mit der sie über ihr Leid klagt: Vermutlich in dem Bewusstsein, dass ihre gegenwärtige Ausstrahlung jegliche Information bezüglich ihrer persönlichen, vorangegangenen Dramatik miteinbezieht und demnach für keine weiteren Fragen sorgt, wiederholt sie völlig unvermittelt im hysterischen Tonfall den folgenden Satz: „Das kann einem nur in Deutschland passieren!"

Eine klare Aussage, die bei mir selbstverständlich unmittelbar auf Sympathie trifft. Wenn auch, zugegeben, ein wenig zu impulsiv, überstürzt, cholerisch und vielleicht sogar ein kleines bisschen einfallslos. Doch dass Deutschland sterben muss, damit wir leben können, galt für mich schließlich schon kurz vor meiner Pubertät als einer der ersten oppositionellen Denkanstöße.

Da meine ebenso starre, wahnhafte, doch im Gegensatz zu ihrer, vielmehr passiv als temperamentvoll wirkende Gesichtsmimik (aufgrund meiner persönlichen, vorangegangenen Dramatik) nicht den Eindruck von Zustimmung vermittelt, gebe ich vor ihr somit keine gute Figur ab, im wahrsten Sinne meiner augenblicklich fehlenden Worte.

Es gelingt mir nicht, meine Gleichgesinntheit ihr gegenüber zum Ausdruck zu bringen. Nicht zuletzt deswegen, weil mir die gesamte Thematik im zweiten Moment dann doch etwas komplexer erscheint. Und nach Diskussionen steht mir gerade mal ausnahmsweise nicht der Sinn.

Demnach bringe ich noch nicht einmal ein leichtes Nicken hervor. Zudem drängt sich mir die Ungewissheit darüber auf, welche Reaktion sie von mir als angemessen empfinden würde. Schlimmstenfalls könnte sie mich sogar für ihr Leid mitverantwortlich machen wollen. Auch weil meine kreidebleiche, kränkliche Gesichtsfarbe nicht unbedingt darauf schließen ließe, dass ich beispielsweise Mustafa, Mahmut oder Ismael heißen könnte. Ich fühle mich ein wenig verunsichert und eingeschüchtert. Aus diesem Grund beschließe ich einfach weiterhin stumpf und teilnahmslos auf meinem Stuhl sitzen zu bleiben.

Ich bin ja schließlich irre im Kopf. Demnach dürfte ihre Erwartungshaltung also nicht allzu hoch ausfallen. Auch in Anbetracht der übrigen Patienten, welche völlig sediert durch den Flur schleichen und sich wie Zombies entlang der Strecke von etwa 15 Metern immer wieder auf und ab bewegen. Deutschland hat uns alle dahin gerafft. Auf ins Schlaraffenland.

Ich senke den Kopf zu Boden und bereite mich innerlich auf das Date mit Frau Doktor vor. Die Türkin beendet ihren Monolog und wendet sich von mir ab. Stattdessen widmet sie sich weiter ihrer Aufgabe als DJane, indem sie den Ghettoblaster noch lauter aufdreht.

Frau Doktor tritt aus ihrem Besprechungszimmer, beklagt sich kurz über die Lautstärke und fordert mich anschließend dazu auf hereinzukommen.

Nach einem ersten Wortwechsel stellt sich schnell heraus, dass mich Frau Doktor mit der kalten Realität konfrontieren wird. Sie hat keinen Bock auf mich. Sie wirkt abgeklärt und in ihrem Blick spiegelt sich Unverständnis für meine Person. Von Soft-Skills keine Spur. Man merkt ihr an, dass sie im Verlauf ihrer täglichen Arbeit bereits eine Menge Scheiße zu sehen und hören bekommen hat. Meine Wenigkeit bildet da keine Ausnahme. Sie in meinen Augen jedoch ebenfalls nicht. Auch sie sieht scheiße aus. Würde sie um sechs Uhr morgens zur Resterampe im Rahmen eines Clubbesuches gehören, ich würde vermutlich selbst im Einfluss von drei Promille noch zögern sie nach Hause begleiten zu wollen. Unsere Antipathie beruht also immerhin auf Gegenseitigkeit. Mir wird bewusst, dass allenfalls ein kühles, zweckmäßiges Verhältnis zwischen uns entstehen würde. Mit ihrem forschen, professionell distanzierten Auftreten gibt sie mir zu verstehen, dass Deutschland ganz sicher nicht schuldig an meinem Elend sei und dass ich gefälligst Eigenverantwortung hinsichtlich meines Scheiterns zu tragen habe. Auch bestreitet sie, dass ich meine Leiden mit ein bisschen Nietzsche lesen und Gewichte stemmen wieder in den Griff bekommen würde.

Davon abgesehen würde der Alltag auf dieser Station Pflichten mit sich bringen, welche es ebenfalls zu verantworten gilt. Dazu gehöre auch das Putzen der Küche, womit ich im Anschluss des Gespräches gleich beginnen könne.

Ich verlasse das Besprechungszimmer und blicke auf die beschlagenen Fensterscheiben. Die Türkin kommt auf mich zu und drückt mir einen Putzlappen in die Hand. Ich sehe sie an und nicke. Im Hintergrund läuft orientalische Musik.

DEUTSCHLAND
VERRECKE!

„‚Irren ist männlich‘, sprach der Igel und stieg von der Drahtbürste.“

Das distanzierte Nachwort einer Außenstehenden über das simplifizierte Verhalten von Männern in freier Wildbahn
Von Madame Unbedarft

Das Zitat in der Überschrift ist abgegriffen – das weiß ich selber. Dass diese Aussage wahrscheinlich älter ist als ich selbst, ist mir ebenfalls sehr wohl bewusst. Trotzdem ließ ich es mir nicht nehmen, diesen Allerweltsspruch hardcore-emanzipierter Frauen als „Lieblingsspruch“ für mein Persönlichkeitsprofil in der Abizeitung meiner Stufe anzugeben. Obwohl ich diesen Spruch völlig spontan und bloß aus einer Laune heraus genommen hatte, muss ich nachhaltig feststellen, dass in dieser Aussage, von wem auch immer sie stammt, ein Funken Wahrheit enthalten ist.

Männer irren und das verdammt oft, insbesondere dann, wenn es um ihre Wirkung auf Frauen, ihre sexuellen Fähigkeiten, ihre Penisgröße oder ihren Intellekt geht.

Ich fühle mich oft wie ein Idiotenmagnet. Idiotenmagnet bedeutet: Du stehst in irgendeiner Lokalität deiner Wahl, du bist solo und für alles bereit, was gut aussieht und Verstand hat. Du bist Antialkoholiker, rauchst aber wie ein Schornstein, tanzen findest du auch scheiße und Männer, ja, Männer müssen DICH ansprechen, auch wenn du gelegentlich Ausnahmen machst.

Es ist früher Morgen oder späte Nacht, deine Freundinnen sind zu diesem Zeitpunkt schon alle ziemlich besoffen und tanzen mitten auf der Tanzfläche zu irgendeinem beschissenen Lied, das du noch nie mochtest.

Du hast fünf Männer dazu auserwählt heute das Vergnügen haben zu dürfen, sich mit dir zu unterhalten. Du stellst dich in ihre Nähe und sendest Signale, aber Männer sind im Allgemeinen ja etwas schwerer von Begriff, vor allem, wenn sie alkoholisiert sind, du musst also Geduld haben.

Und da, da siehst du IHN! Er sieht scheiße aus und anhand der Art und Weise, wie er sich verhält und gestikuliert, bedarf es keiner ausgeprägten Menschenkenntnis, um zu erkennen, dass er die Intelligenz mit dem Schaumlöffel gefressen hat.

Er schaut dich mit diesem „Baby, ich weiß, dass du mich willst"-Blick an. Im selben Moment verspürst du das Bedürfnis, dich übergeben zu müssen. Daraufhin wird dir schlagartig bewusst, dass dir noch maximal zehn Sekunden Zeit bleiben, dich aus dem Laden zu verpissen, bevor er dich, von maßloser Selbstüberschätzung getrieben, ansprechen wird und du dir irgendeine Ausrede, die dich davor bewahren wird, ihm deine Handynummer zu geben, aus dem Ärmel schütteln musst.

Da du keine Lust hast, den Laden zu verlassen, legst du dir drei Ausreden zurecht:

1. Ich habe einen Freund.
2. Ich bin lesbisch.
3. Mein Hobby sind Pferde.

Und da kommt er auch schon mit einem Lächeln auf den Lippen, das dir sagen will, dass heute dein bester Tag sein wird. Du denkst dir „Warum immer ich?“ und versuchst den Brechreiz zu unterdrücken.

Während er gerade sein Repertoire an schlechten Anmachsprüchen loslässt, fällt dir auf, dass deine Ausreden ziemlich unvorteilhaft sind:

1. Dass du einen Freund hast, wird er dir nicht glauben, weil du es nicht überzeugend genug herüberbringst, da sich die Ausstrahlung deines Selbstmitleids als Single nicht ausreichend kaschieren lässt. Und selbst, wenn er es dir glauben sollte, wird er infolge seiner Selbstüberschätzung und dem Irrglauben, dein imaginärer Freund hätte gegen ihn sowieso keine Chance, unaufhaltsam weiter baggern.

2. Die Behauptung, du wärst lesbisch, wird er eher ansprechend finden. Die meisten Männer stehen auf Lesbensex und mit großer Wahrscheinlichkeit wirst du ihn dann gar nicht mehr los, weil er dir und deiner lesbischen Freundin beim gemeinsamen Sex zugucken wollen wird.

3. Männer verstehen das, was sie verstehen wollen. Anstatt die Ausrede, dass dein Hobby Pferde seien, als Wink mit dem Zaunpfahl für ein „Verpiss dich endlich!“ zu erkennen, glaubt er wahrscheinlich wirklich, dass die einzige Reiterstellung, die du beherrschst, bisher ausschließlich auf den Rücken von Pferden stattgefunden hat. Was soviel meint wie, bevor er dich nicht in die Tiefen der Sexualität einweisen durfte, wird er keine Ruhe geben.

Du weißt, du hast keine Chance ihn loszuwerden, denn er will dich. Hilfe suchend schaust du auf die Tanzfläche in der Hoffnung, dass eine deiner Freundinnen dich sieht, denn Freundinnen wissen deine Gesichtsmimik zu deuten! Aber sie sehen dich nicht.

Du suchst verzweifelt nach einem Ausweg, aber dir will einfach nichts einfallen, um dich aus dieser Konfrontation möglichst galant herauswinden zu können. Doch bevor du beginnst zu resignieren, scheint Fortuna dir wieder gewogen: Alex betritt den Raum – Rettung ist nah, in deinem Inneren schreit es vor Freude und Dankbarkeit!

Allerdings im selben Moment, in welchem du Alex durch deine Gesichtsmimik, die jede deiner Freundinnen veranlassen würde sich sofort in ein *Catwoman*-Kostüm zu stürzen und dem Trottel neben dir die Augen auszukratzen, zu verstehen gibst, dass du dich in äußerster Not befindest, wird dir schlagartig bewusst: Alex ist auch bloß ein Mann!

Er wird also nicht verstehen, was du von ihm möchtest, und wird deine Mimik stattdessen als gewöhnlichen Ausdruck für dein Single-Selbstmitleid deuten.

Und genauso ist es auch: Alex schaut dich verwirrt an, dann den Idioten neben dir, ein etwas perplexes Lächeln zeichnet sein Gesicht. Danach hebt er die Hand zum Gruß, begrüßt erst dich und anschließend den Idioten, um sich unmittelbar daraufhin zu entschuldigen und zielstrebig in Richtung Theke zu verschwinden.

Du schaust ihm wütend nach, aber Alex ist nun mal keine Frau. Infolgedessen fasst dir Mr. Oberidiotenarsch sachte an die Schulter, um seine Hand einen Atemzug später in Richtung deines Gesäßes gleiten zu lassen. Sein herbes Eau de Toilette sticht in deine Nase. Dir wird schwindelig und wieder droht dir dein Magen an, seinen Inhalt loswerden zu wollen. Jetzt reicht es! Nun hilft nur noch eins: RÜCKZUG! Die Flucht zur Toilette. Du verabschiedest dich mit der Lüge: „Ich bin gleich wieder da." Er schaut dich erwartungsvoll an, als würde sein Blick dir mitteilen wollen: „Okay, Baby, mach dich schon mal frisch für mich, ich hole in der Zwischenzeit mein Mundspray raus" oder wahlweise: „Ich bin der große, starke, hungrige Löwe und du die kleine, zarte, scheue Antilope, die mir heute Nacht nicht so einfach entkommen wird."

Die vorübergehende Überlegung, dich aus der Not heraus doch lieber gleich zur Tanzfläche zu deinen Freundinnen vorzukämpfen, zerplatzt wie eine Seifenblase – denn er folgt dir bis zur Toilette. Du überlegst kurz und stellst fest, dass dir mittlerweile nur noch zwei Optionen übrig bleiben:

Entweder du steckst der Klofrau am Eingang die Zunge in den Hals in der verzweifelten Hoffnung, dass ihn eine solche Lesbensequenz als Mann vielleicht ausnahmsweise doch nicht antörnt, oder du verbringst den Rest des Abends auf der Damentoilette.

Während du nun also letztendlich die Wahl zwischen Skylla und Charybdis hast, säuselt er dir ins Ohr: „Dein Lippenpiercing sieht verdammt sexy aus." Du möchtest dir gar nicht vorstellen, welcher Film dabei zeitgleich in seinem kleinen Hirn ablaufen mag, die testosterongeschwängerte Luft um dich herum lässt dich jedoch darauf schließen, dass du darin die Hauptrolle spielst. Als sich im selben Augenblick seine Hand erneut von deiner Schulter abwärts in Richtung Gesäß vorarbeitet, meldet sich abermals dein Magen. Du haust ihm auf die Finger mit den Worten „Ich geh dann mal“ und flüchtest durch die Toilettentür, während er dir einen lüsternen Blick hinterher wirft.

Dich überkommt ein kurzes Gefühl der Erleichterung, doch nun gilt es schnell nachzudenken, denn du möchtest weder mit der Klofrau rummachen noch auf dem Klo weiterfeiern. Du wühlst in deiner Handtasche nach Lippenbalsam (das beruhigt nämlich) und dann: JA – die Lösung! Lieber Gott, falls es dich gibt: DANKE FÜR DAS HANDY!

Du schreibst sämtlichen deiner in dieser Lokalität anwesenden Freundinnen, und teilst ihnen mit, dass sie dich bitte ganz dringend aus der Toilette abholen mögen – quasi ganz nach dem „Die kleine Madame Unbedarft steht am Informationsschalter und wartet auf ihre Mami“-Prinzip.

Einige Minuten später, die dir wie eine Ewigkeit vorkommen, eilt man dir zur Hilfe. Eine deiner Freundinnen stolpert zur Tür rein, mit der Frage: „Der Hässliche vor der Tür?!“ Du nickst. Worauf deine Freundin ein „Scheiße, der geht ja gar nicht!“ antwortet. Du nickst wieder. Sie nimmt dich an der Hand, ihr verlasst das Klo.

Draußen lauert bereits der mutmaßliche Hengst von einem Mann, dem du aber lieber die Bezeichnung „Ponywallach“ zukommen lassen würdest, und schaut dich nach wie vor erwartungsvoll an.

Entschuldigend schüttelst du den Kopf und deutest auf deine Freundin. Und bevor er die Möglichkeit hat, noch irgendetwas zu entgegnen, schleift dich deine Freundin von ihm weg in Richtung Tanzfläche. Ponywallach verlässt beleidigt die Lokalität.

Du lächelst triumphierend, das wäre geschafft!

Doch bevor du deinen Triumph weiter zelebrieren kannst, siehst du IHN.

Er sieht scheiße aus und anhand der Art und Weise, wie er sich verhält und gestikuliert, bedarf es keiner ausgeprägten Menschenkenntnis, um zu erkennen, dass er die Intelligenz mit dem Schaumlöffel gefressen hat. Er schaut dich mit diesem „Baby, ich weiß, dass du mich willst"-Blick an. (…) Daraufhin wird dir schlagartig bewusst, dass dir noch maximal zehn Sekunden Zeit bleiben …

Madame Unbedarft

Lettre noir …

Tante Guerilla interviewt den Autoren

Alexander Gräbeldinger ist Kolumnist. Natürlich ist er auch noch vieles andere, aber jetzt und hier ist er Schreiber. Seine Kolumne *I'm not pretty* erscheint regelmäßig im *Ox-Fanzine* und nicht wenige Leser werden sich ärgern, wenn sie eine Geschichte aus dem Leben des Herren Gräbeldinger verpasst haben, weil das *Ox*-Abo abgelaufen war, der Kiosk keine Exemplare mehr hatte oder die Tasche mit dem *Black-Flag*-T-Shirt und der aktuellen Ausgabe des *Ox* mal wieder im AJZ des Vertrauens liegen blieb. Für diese ist die vorliegende Sammlung eine praktische und sinnvolle Vervollständigung ihres Besitzes. Für alle anderen ist es eine Eintrittskarte in die besondere Welt des Erzählers.

Wer ist dieser Alexander Gräbeldinger? Nun, er ist sicher nicht der kranke, abgefuckte Typ, der die Schrotflinte schon unterm Bett liegen hat und dessen verlorene Seele sich 16-jährige Mädels so gerne zum Vorbild nehmen. Er ist aber auch nicht der zähe Stiernacken, dem keiner was vormacht und der alle wichtigen Platten im Schrank hat. Nein, unser Chronist fällt vielmehr ständig über Coolnessbarrieren, die offensichtlich unsichtbar für ihn zu sein scheinen. In einzigartiger Weise erzählt er seine Geschichte, eine Geschichte des Scheiterns, die zeitweise tragisch, aber fast immer komisch ist. Dabei geht diese Komik stets auf eigene Kosten, wodurch die Geschichten liebenswerter kaum sein könnten. Immer dann, wenn der Protagonist mal wieder auf selbstherrliche Frauen, überhebliche Türsteher oder selbsternannte Szenegrößen trifft und dabei zielsicher in die persönliche Apokalypse steuert, spiegelt sich die eigene Unzulänglichkeit doch am meisten im Schicksal des Herrn Gräbeldinger. Gerade die schonungslose Offenlegung der eigenen moralischen oder charakterlichen Schwäche ist das, was den Erzähler so unwiderstehlich sympathisch macht. Die Tatsache, dass die Kolumnen alle auf wahren Begebenheiten beruhen und wir hier im persönlichen Tagebuch des Verfassers rumschmökern können, macht „das Konzept" umso deutlicher und fesselnder.

Meine Damen, meine Herren ... Reality bleibt stranger than fiction. Vorhang auf, der Tramp hat die Bühne bereits betreten. Es wird Zeit, ein paar Fragen zu stellen.

Alex Pascow

Who's not pretty? Eine kurze Vorstellung des Herrn Gräbeldinger, bitte.

Herr Gräbeldinger ist ein nachdenklicher, introvertierter Langweiler, der sich gerne in Durchhaltepathos suhlt, sein Scheitern mittels Selbstironie zu beschönigen versucht und zum Lachen in den Keller geht.

Übrigens gelten Leute, die von sich selbst in der dritten Person berichten, in der Regel als selbstverliebt und egozentrisch. Um einem solchen Eindruck entgegenzuwirken, wird Herr Gräbeldinger sich von nun an bemühen, alle weiteren Fragen aus der Ich-Perspektive zu beantworten. Denn ein Egozentriker würde gewiss auch niemals sein eigenes Tagebuch veröffentlichen, um sich im Anhang des selbigen auch noch interviewen zu lassen.

Was hat die Welt noch mit dir vor, Alexander?

Würde ich selbst nach einer Antwort auf diese Frage suchen, so hätte ich vermutlich bereits bei den Tarotkartenlegerinnen im TV-Nachtprogramm angerufen. Stattdessen könnte ich mich aber auch fragen, ob ich gegenüber dem, was da noch kommen mag, gerüstet sein werde. Aber im Grunde genommen fühle ich mich, trotz gelegentlicher Anflüge von Selbstzweifel, mittlerweile sowieso weitgehend unverwüstlich. Dabei halte ich an der mutigen These fest, dass man versuchen sollte seine Umstände zu lenken, anstatt sich von ihnen lenken zu lassen. Opfer werden bekanntlich irgendwann zu Tätern. Mal davon abgesehen, dass ich mich selbst nicht als Opfer betrachte. Von daher könnte man diese Frage von vorneherein auch umgedreht formulieren, und fragen, was ich stattdessen noch mit der Welt vorhabe und nicht die Welt mit mir. Allerdings würde die Antwort darauf eher spärlich ausfallen, da ich mich stets vorrangig auf die Gegenwart konzentriere, anstatt zu weit in die Zukunft zu blicken. Der Weg ist bekanntlich das Ziel.

Obwohl ein Persönlichkeitstest im Internet ergeben hat, dass Sehnsucht meine Triebfeder sei. Das finde ich interessant und ich gestehe ein, dass in mir zunehmend der

Zufluchtswunsch wächst, mein Glück eines Tages während gemeinsamer Zoo- und Spielplatzbesuche mit Kindern und Frau bei einer Tasse Kakao finden zu können. Ich glaube, das nennt man dann wohl Torschlusspanik. Vermutlich entwickelt man eine solche irgendwann, wenn man zu vielen Damen, aufgrund von Liebeskummer aus Rache in die Badewanne pissen musste. Für den Fall, dass mich keine Frau gezähmt bekommen sollte, widme ich mich einfach weiterhin der Revolution. Darum muss sich schließlich auch irgendjemand kümmern.

Ist es wahr, was wir zu glauben wissen, dass deine Geschichten und Storys ausschließlich auf Tatsachen beruhen? Keine Fiktion?

Wäre es meine Absicht, etwas Fiktives schreiben zu wollen, so würde ich vermutlich keine Geschichte erfinden, die beispielsweise davon handelt, dass ich mir in einer Silvesternacht den Arsch abgeduscht habe, weil kein Toilettenpapier mehr verfügbar gewesen ist. Das Leben bietet manchmal skurrileren Schwachsinn, als man sich selbst ausdenken wollen würde. Aus diesem Grund kann ich verkünden, dass circa 98 Prozent meiner Erzählungen auf Tatsachen beruhen und circa zwei Prozent der schriftstellerischen Freiheit des Autors unterliegen.

Was allerdings die Glaubwürdigkeit meiner Persönlichkeit beziehungsweise meines Charakters im Rahmen dieser Texte anbelangt, werde ich im weiteren Verlauf dieses Interviews beleuchten.

Dennoch gestehe ich ein, dass die Begebenheiten meiner Erzählungen allesamt annähernd exakt genauso stattgefunden haben. Eine der wenigen fiktiv manipulierten Textpassagen, die ich spontan in Erinnerung habe, ist zum Beispiel die Höhe der Telefonsexrechnung, die ich einmal in einem Nebensatz erwähnt hatte. Ich nannte einen Betrag von 2.000 DM. In Wahrheit ist sie damals vermutlich sogar noch höher ausgefallen.

Du hast offensichtlich keine Probleme damit, dein Tagebuch in Form deiner Storys zu veröffentlichen und dadurch im wahrsten Sinne des Wortes die Hosen runter zu lassen. Bleibt die Unterwäsche dabei an? Will sagen, gibt es irgendwelche Tabus oder Themen aus deinem Alltag, die sicher nie den Weg in einen deiner Texte finden werden?

Der Grund dafür, warum ich keine Probleme damit habe, meine Hosen runter und dabei auch mal den Pipimann hervorblitzen zu lassen, ist folgender: Ich handele getreu dem Motto: „Ist der Ruf erst ruiniert …“ Oder auch: „Man kann einen ehrlichen Mann nicht auf seine Knie zwingen.“ Das ist der ganze Trick bei der Sache. Und ich denke, diese beiden Aussagen bringen mein Vorgehen in der Tat auf den Punkt.

Der Grund, warum ich so schonungslos mit mir umgehe, liegt darin, dass ich ganz alleine die Macht darüber besitze, was ich ausplaudern möchte und was nicht. Ich bin schließlich mein eigener Regisseur. Und es beschleicht mich selten ein Gefühl von Scham oder Peinlichkeit, wenn ich etwas freiwillig nach außen trage. Denn ich lasse mich ja nicht bei irgendetwas erwischen, sondern gehe stattdessen mit dem, was vielleicht manch anderem peinlich wäre, ungeniert hausieren. Dazu gehört aber eben vor allem auch der Mut zur Peinlichkeit und man sollte sich selbst dabei immer noch am wenigsten ernst nehmen. So erlangt man dann schließlich irgendwann Narrenfreiheit. Nicht nur gegenüber seiner Außenwelt, sondern vor allem auch gegenüber sich selbst. Das verschafft Gelassenheit. Sowieso denke ich, bevor man sich über andere Menschen lustig macht, sollte man zunächst einmal über sich selbst am lautesten lachen können. Die Grenze zum Tabu fängt bei Themen an, aus denen ich keinen Unterhaltungswert mehr schöpfen könnte beziehungsweise nicht im Stande wäre, darüber selbst noch lachen zu können. Und insbesondere würde ich mich niemals auf Kosten von Mitmenschen lustig machen, die mir persönlich heilig sind. Zumindest würde ich solche Personen nie beim vollen oder richtigen Namen nennen, wenn es darum ginge, sie schlecht dastehen zu lassen. Stattdessen bevorzuge ich es, mich selbst in die Pfanne zu hauen. Inzwischen habe ich sowieso immer mehr Gefallen daran gefunden, noch eins drauf zu setzen, was die Schonungslosigkeit gegenüber mir selbst anbelangt. Ein weiteres Tabu wäre daher vielleicht auch, ernsthaft zu werden. Ohne eine gewisse Leichtigkeit oder wenigstens den Eindruck zu vermitteln, dass ich ein völliger Idiot sein muss, würde ich eine Geschichte vermutlich nicht aufschreiben und veröffentlichen.

Und auch wenn es wie ein Widerspruch klingen mag, doch wenn ich meine schwachen Seiten nach außen kehre, fühle ich mich im selben Moment unverwundbar, weil man mir so schnell nämlich nichts vorwerfen kann, worüber ich mir nicht bereits selbst im Klaren bin. Zumindest unverwundbarer als jemand, der ständig darum in Sorge ist, sein Gesicht zu wahren.

„Aus der Not eine Tugend machen" könnte man das alles vielleicht auch nennen. Die Flucht nach vorne.

Zusammenfassend denke ich jedenfalls, dass ein solches Verhalten mehr Aufrichtigkeit und Rückgrat beweist, als wenn ich ständig darum bemüht wäre, stets cool und souverän aufzutreten.

Deine Erzählungen sind meist so offen und entwaffnend ehrlich, dass der Leser mit der Zeit den Eindruck gewinnt, dich wirklich gut zu kennen. Ist dem so oder täuscht diese Einschätzung?

Jein. Als Vorlage für eine auf Authentizität basierende Psychoanalyse meiner Person wäre mein Tagebuch ganz sicher unzureichend. Aber ich glaube, wer mich persönlich sehr gut kennt, wird mich auch in meinen Texten wiedererkennen. Wer mich hingegen weniger gut kennt, wird von meinen Texten überrascht oder gar irritiert sein. Wer stattdessen bisher nur meine Texte kannte, wird vermutlich ebenso verwundert sein, wenn er mir persönlich begegnet und sich seine Vorstellung von mir nicht ganz bewahrheitet. Dennoch erlangt der Leser einen Einblick in meine Person, allerdings beschränkt sich dieser lediglich auf das, was ich schreibe, und das, was er glaubt, zwischen den Zeilen vermuten zu können.

Wenn der außenstehende Beobachter am Geschehen teilnimmt und für ihn dabei das Gefühl eines Umrisses des Erzählers entsteht, dann schmeichelt mir das natürlich. Doch selbst wenn meine Erzählungen auf wahren Tatsachen beruhen, verfasse ich sie ja auch immer von einer bestimmten Warte aus. Nämlich aus einer der zahlreichen Warten, zwischen denen man als denkender Mensch wählen kann, wenn es darum geht, ein persönliches Erlebnis auszuwerten.

Grundsätzlich halte ich das Aufklären von Ironie für spielverderberisch, zumal es ja auch mehr als offensichtlich ist, dass ich beim Schreiben ohne Goldwaage und stattdessen mit reichlich Selbstverhöhnung und schwarzem Humor an die Sache rangehe. Solche Stilmittel beeinflussen die eigene Warte und tragen zum Amüsement bei, verschaffen zeitgleich aber auch eine Menge Freiheiten und verschleiern die Transparenz. Dies betrifft zwar nicht den Wahrheitsgehalt der Tatsachen, von denen ich berichte, aber gelegentlich den persönlichen Umgang mit einer Situation. Wenn ich zum Beispiel davon berichte, dass ein Zuhälter versucht hat mich einzuschüchtern, dann ist mein erster Gedanke in der Realität ganz sicher nicht von dem Mut getrieben, dass ich ihm gerne die Fresse polieren möchte, sondern stattdessen besser zusehe, dass ich mir vor Angst nicht in die Hose pisse. Daher gestatte ich mir mich selbst auch mal dämlicher, naiver, wie auch übermütiger und cleverer darzustellen, als ich in der Wirklichkeit glaube zu sein. Demzufolge spiele ich ab oder bis zu einem gewissen Punkt nun mal auch immer eine überzogene Rolle meines vermeintlichen Selbstbildes. Und aufgrund dessen besteht dann doch noch ein Unterschied, ob man sich bloß nackt auszieht oder sich gleich unter ein Röntgengerät legt.

Hast du in der Vergangenheit positive oder negative Feedbacks von den real existierenden Protagonisten deiner Geschichten bekommen?

Protagonisten aus meinem Freundeskreis reagieren amüsiert. Damenbekanntschaften, deren Interesse an meiner Person nur temporär vorhanden gewesen ist, werden vermutlich niemals erfahren, dass sie inzwischen Bestandteil verkorkster Trotzpoesie geworden sind. Für den Fall, dass sie dennoch zufälligerweise eines Tages Kenntnis davon erlangen sollten, lade ich sie gerne dazu ein, sich entsprechend zu revanchieren und mir in die Duschwanne pissen zu dürfen. Darüber dürfen sie dann anschließend auch gerne in einem Internet-Blog oder einer Frauenzeitschrift berichten. Danach wären wir zumindest quitt.

Lesen deine Eltern und deine Geschwister regelmäßig deine Kolumne?

Regelmäßig nicht, da keines meiner Familienmitglieder *Ox*-Abonnent ist. Aber es haben Heiligabend bereits familieninterne Lesungen stattgefunden. Es war höchst amüsant meiner Mutter dabei zuzuhören, wie sie unter dem Weihnachtsbaum Tagebucheinträge von mir vorträgt, die unter anderem davon handeln, dass sie mich eines Morgens besinnungslos besoffen, neben den Hunden auf dem Fußboden liegend, vor dem Kühlschrank in ihrer Küche aufgefunden hat.

Du bist Grafiker, Kolumnist und Schlagzeuger bei Karate Disco. Außerdem hast du ein Klamottenlabel in den Startlöchern. Was steckt hinter diesem Tatendrang und wie sieht dein Alltag aus?

Irgendwie muss man sich schließlich die Zeit vertrödeln.

Die Motivation zu einem solchen Tatendrang setzt zunächst einmal die eigene Begeisterungsfähigkeit für etwas voraus. Wenn ich mir diesen Enthusiasmus bewahre, dann besitze ich bereits eine der wichtigsten Antriebsfedern, um „produktiv" sein zu können.

Es gibt aber eben auch Zeiten, in denen sich Stress oder auch mal Lethargie in den Alltag einschleichen. Das ist eben jeweils davon abhängig, wie sehr ich von außen gedrillt werde, vor allem aber auch davon, inwieweit ich mich selber drille.

Dabei empfinde ich „Stress" in gesundem Maße durchaus positiver als Antriebslosigkeit. Stress spornt an. Lethargie lähmt bloß. Zeit zur Entspannung ist dennoch notwendig und die räume ich mir auch ein.

Davon abgesehen, halte ich mir stets vor Augen, dass ich in einer privilegierten Situation bin und zu einem großen

Teil das mache, was ich machen will – nämlich das, was ich mir selbst ausgesucht habe. Arbeit und Hobby gehen einher. Ich könnte nun auch noch abgegriffene Pathosfloskeln wie „Selbstverwirklichung“ heranziehen, aber ich denke, es sollte klar sein, was mich zum Handeln bewegt. Meinen Alltag zu beschreiben, würde dennoch unspektakulär ausfallen. Einer der Unterschiede zu einem „zivilisierten“ Job mag wohl sein, dass ich, aufgrund meiner Selbstständigkeit, jederzeit in Boxershorts vor meinem Rechner sitzen kann, sofern ich Bock dazu habe. Und wenn ich morgens mit einer Alkoholfahne ins Büro komme, so wird sich ebenfalls niemand daran stören. Kommt beides vor. Damit so etwas jedoch nicht allzu häufig vorkommt, bedarf es eben auch Selbstdisziplin. Selbstdisziplin ist sowieso ein gutes Stichwort, welches mit derlei Aktivitäten in Verbindung steht, die nun mal gelegentlich auch Überwindung voraussetzen. Auch wenn der Begriff „Selbstdisziplin“ ebenfalls unsäglich klingt. Doch nachdem ich aufkommende Trägheit überwunden habe, indem ich zum Beispiel meine Küche putze, so verwirkliche ich mich in meiner Rolle als Hausmann, ziehe daraus ein Erfolgserlebnis, dass die Küche wieder glänzt, springe daraufhin enthusiastisch in Boxershorts durch die Wohnung und saufe ein Sixpack Bier.

Measy: Meine Freundin ist ein großer Fan deiner Kolumne. Gibt es schon einen Fanclub?

Na, aber hallo! Nachdem deine charmante Freundin als Friseurin bereits *Bela B.* die Haare geschnitten hat, stelle ich mich ihr, zur weiteren Optimierung ihrer Referenzen, sehr gerne zur Verfügung.

Was den Fanclub anbelangt, so habe ich bereits Sekretärinnen eingestellt, die meine Unterschrift beherrschen und sich um Autogramme und Beantwortung der Fanpost kümmern. Die Betreuung meines *MySpace*-Profils habe ich ebenfalls bereits aus den Händen gegeben.

Davon abgesehen, soll der Straßenname einer kleinen, verdreckten Seitengasse in meiner Geburtsstadt nach mir benannt werden, und demnächst wird eine Titanstatue von mir gegossen und vor einer Müllkippe aufgestellt. Schon beeindruckend, was es alles nach sich zieht, bloß weil man mal ein paar Kolumnen geschrieben hat, in denen es unter anderem darum geht, dass man sich im Badezimmer der Schlagzeugerin von *Senta-Sofia* einen runtergeholt hat, nachdem sie einen nicht ranließ.

Autoren-Info:

Alex Gräbeldinger wurde am 24. August 1979 als Alexander Karl Gräbeldinger in Neuwied am Rhein geboren.

Nach einer unbeschwerten Kindheit verbrachte er seine Pubertät als Wochenendpunker auf Bahnhofsvorplätzen – die meiste Zeit davon mit abgeknicktem Iro in seiner eigenen Kotze liegend. Im Anschluss daran absolvierte er erfolgreich mehrere Irrenhausaufenthalte. Der Adoleszenz trotzte er letzten Endes mit einer möchtegern-nihilistischen Grundhaltung.

Dem hingegen konnte ein 5-Minuten-Schnell-Test aus dem Internet folgenden Persönlichkeitstypus ermitteln: Harmoniebedürftiger Idealist (HI) – „Der harmoniebedürftige Idealist zeichnet sich durch eine komplexe Persönlichkeit und ein reichhaltiges Innenleben aus (...)"

Herr Gräbeldinger lebt gegenwärtig in Andernach, der Geburtsstadt von *Charles Bukowski*. Dort möchte er sich auf die Grundwerte seiner Existenz zurückbesinnen und über das Leben im Allgemeinen nachdenken. Die meiste Zeit sitzt er auf dem Balkon, starrt in die Landschaft und träumt vor sich hin.

Seit der Jahrtausendwende schreibt Alexander Karl für die Musik-Fachzeitschrift *Ox-Fanzine*, in welcher er seit 2006 regelmäßig seine Kolumnen veröffentlicht.

Weitere Veröffentlichungen:

Rezension zu *Johnny Cash - American Recordings I-V* in dem Buch *Kopfhörer - Kritik der ungehörten Platten* (Hrsg. von S. Müller und M. Nuscheler, ISBN 978-3-940349-04-0, Salon Alter Hammer 2008).

Comic zu Alex Gräbeldingers Kolumne *Sex, Drugs und Rock'n'Roll als Rechenbeispiel*, gezeichnet von *Arne Kulf* in dem Buch *The Punchliner Nr.6* (Hrsg. von Andreas Reiffer, Axel Klingenberg, Marcel Pollex, ISBN 978-3-934896-06-2, Verlag Andreas Reiffer 2009).

Weitere Infos zum Autor unter:
www.heart-boiled.de

Erstveröffentlichungs-Liste:

Ein Frühlingsgedicht
Ox-Fanzine #72 (Juni/Juli 2007)

Ein Vorsatz für das neue Jahr
Ox-Fanzine #64 (Februar/März 2006)

Auszug aus einem Klinikbericht
Ox-Fanzine #65 (April/Mai 2006)

Jegliche Bemühungen
mich zu resozialisieren, sind fehlgeschlagen
Ox-Fanzine #666 (Juni/Juli 2006)

Meine Freundin beichtet mir
sie habe im Traum Sex mit den Strokes gehabt
Ox-Fanzine #67 (August/September 2006)

Die ersten Tage vor einem neuen Lebensabschnitt
Ox-Fanzine #68 (Oktober/November 2006)

Koketterie eines Gescheiterten
Ox-Fanzine #69 (Dezember 2006/Januar 2007)

Silvester feiere ich virtuell, Real Life ist sowieso scheiße
Ox-Fanzine #70 (Februar/März 2007)

Weder GG Allin noch Sid Vicious wollen meine MySpace-Freunde sein
Ox-Fanzine #71 (April/Mai 2007)

Ein bekotztes Feinrippunterhemd ist der Dresscode zu meinem Lebensgefühl
Ox-Fanzine #73 (August/September 2007)

Ich, Courtney Love und das Phänomen der Derealisation
Ox-Fanzine #74 (Oktober/November 2007)

Heute New York, morgen Weltherrschaft, übermorgen Salzstangen und Rotwein
Ox-Fanzine #75 (Dezember 2007/Januar 2008)

Wer ficken will, darf keine Körbe flechten
Ox-Fanzine #76 (Februar/März 2008)

Die Reise im Zug der Konfusion auf der Suche nach Mozarts 41. Sinfonie in C-Dur
Ox-Fanzine #77 (April/Mai 2008)

Gewichte stemmen und Nietzsche lesen
Ox-Fanzine #78 (Juni/Juli 2008)

Ins Buch der coolen Leute gehören:

Die Leute, ohne die dieses Buch so nicht möglich gewesen wäre: Lustiger Bob, I. Díot sowie die gesamte Crew des *Kopfnuss Verlages*, Aku! (Illustrationen), Jörkk Mechenbier (Vorwort), Madame Unbedarft (Nachwort), Alex und Measy von *Tante Guerilla* (Interview), Ute, Svenja und Ninski (Lektorat), Joachim, Andre sowie das gesamte Kollegium des *Ox-Fanzines.*

Mindestens genauso coole Leute sind: Die Familie Gräbeldinger, Anna, Benni; die unglaubliche *Karate Disco*thek starring Lohni-Boy, Ricarda, Sven und Roland, sowie die dazugehörigen Gattinnen namens Melanie, Anna und Linda; die mächtigen *Barseros* samt Anhang starring Michael und Wiky, Jenz und Tine, Dominik und Stöpsel, Nino und Rominski, Christian Destroy (self-destructing One Man Show); *Die Rote Suzuki*, Pope, Lars, Delle; *Pascow*; *Ultrafair* (R.I.P.); Basti aka Osiris, Jan aka Stulli, Die *Tante-Guerilla*-Gattinnen Susi und Steffi; *Toxoplasma*, Stefan, Harry und Anna, Wally, Sissy und Keanu, Boris; Ninja aka Madhousemeeting, Rebecca aka Würfelzucker und Familie, Kristina und Jonas, Steffen, Lena aka Amy's Weinhaus, Christoph und Sandra, Thomas, Markus und Princess Paranoia, Marcel, Pierre, Kai Karl, *Goin-nowhere*-Dennis und Familie, Christoph Parkinson, Timbo Jones, Der sportliche Daniel, Mättes; *The Suiters*, AC-Atom, Wens; *The Swat*, *KCK*, Julia und Familie, Nele, *Hammerhead* and the *Barbie Army* starring Ranen aka Heavy-Metal-

Wave-Punk und Yassi, Danilatore und Kliti Knall, Headbert und Silvia, Tobias Scheiße und Schnatalie; *Mofa*, Oile Lachpansen, Sir Joe Jamoing Jack Flesh W.; *Katze Platten*; *Kidnap Music*; *RilRec*, Maks; *Elfenart*, Daniel; *Cargo Records* Crew, Michael, Gina, Ralph, Stefan, Carsten, Felix, Birte, Manu; Linda Köper; *Fuze Magazine*, Thomas; Holger Thiel, Dr. Jensen; *Rocky Balboa* und *John Rambo* (jeweils im ersten Teil); außerdem jeder, der nun enttäuscht ist, dass er hier nicht erwähnt wurde.

Coole Hunde sind/waren übrigens: Susi (R.I.P.), Charly (R.I.P.), Daria, Sunny, Sky, Frieda, Coffee.

Postskriptum zur 2. Auflage:

Alex Gräbeldinger loves Jenny Maus.
Wedding in Las Vegas, 2009.

AKUPOWER
...oder auf die fresse!
ILLUSTRATION UND DESIGN
FÜR:
POSTER
FLYER
COVER
COMIX
WEBSCHEISSE
ANIMATION
LOGOS
...
www.akupower.de

PLASTIC BOMB
Onlineshop:
Punk, Hardcore
Oi!, Ska, Crust
Deutschpunk,...
DVDs
Platten
Stiefel
Schuhe
Klamotten
Streetware
Lederjacken
Army Stuff...
www.MAILORDERS.de

BIGMOUTH STRIKES AGAIN
Mehr Gräbeldinger alle
zwei Monate im Ox-Fanzine.
ALKALINE TRIO
132 Seiten lesbare Musik.
80 Minuten hörbare Musik
auf der Ox-CD.
Einzelheft für 5 Euro.
Abo über 6 Ausgaben für
25 Euro (Ausland 30 Euro).
www.ox-fanzine.de/abo
Dick Lucas (SUBHUMANS)

WWW.TANTEGUERILLA.COM
STRASSE • PUNKROCK • SKATEBOARDING
TANTE
GUERILLA

kopfnuss # 1

Beiträge für einen kreativen und farbenfrohen Weltuntergang

Wenn die Welt schon untergeht, dann bitte schön tanzbar, farbenfroh und kreativ. Die hier versammelten Autoren der als „Punkszene“ verschrienen Subkultur verbindet dieser Leitsatz. Die Kurzgeschichten drehen sich um den alltäglichen Krieg, Großkonzerne, Drogen und die leidige Geschlechtlichkeit - alles was diese Welt zum Untergehen verurteilt und dem wenigstens ein Tröpfchen Farbe abgepresst werden kann.

Bomben über Aachen, Berlin (3x), Duisburg, Ingolstadt, Paris, Schaumburg.

„Ein Bündel an äußerst unterhaltsamen Short-Stories, das in keinem gut sortierten Mutanten-Haushalt fehlen sollte.“ - Punkrock!

„Noch nie habe ich mir so sehr gewünscht aus der Haut erbrechen zu können, wie bei der Lektüre dieses Buches.“ - M. O. N'go

„Gehört auf jedes Punkerklo!“ - Der Unbekannte Punker

ISBN 978-3-00-022258-0

kopfnussverlag

Ideen, Manuskripte, Fragen und Lobpreisungen über:

elite@kopfnuss-verlag.de
www.kopfnuss-verlag.de

Ebenfalls erschienen beim Kopfnuss Verlag:

Florian Heinke liest Pornoheft.

Pornoheft Buch zum Hörbuch zum Album, das Pornoheft Hörbuch zum Buch zum Album oder das Pornoheft Album zum Hörbuch zum Buch. Weitere Kombinationen können wir aufgrund geltendem Europarecht nicht anbieten und wir werden auf entsprechende Anfragen nicht reagieren!! Die erste Auflage ist streng limitiert und wurde von der Gruppe Pornoheft persönlich zusammen gebaut!!

ISBN 978-3-9812772-0-3

Ab Sommer 2010 erhältlich
beim Kopfnuss Verlag:

Spoken Words auf 7-inch Vinyl Picture Single.

Eine Geschichte über Rock'n'Roll, Drogen, Ficken und Mathematik.

Gesprochen von Alex Gräbeldinger (Autor von „Ein bekotztes Feinrippunterhemd ist der Dresscode zu meinem Lebensgefühl") und Jenny Maus.

Inklusive Comic-Beilage von AKU!

ISBN 978-3-9812772-1-0

NYPD

Ende des Buches

*Der Penner da links ist übrigens
Alex Gräbeldinger